Alan Bennett

La Reine
des lectrices

Traduit de l'anglais
par Pierre Ménard

Denoël

Titre original :

THE UNCOMMON READER

© *Forelake Ltd., 2007.*
© *Éditions Denoël, 2009, pour la traduction française.*

Alan Bennett est né en 1934 à Leeds. Professeur de littérature médiévale à l'université d'Oxford, il embrasse finalement une carrière d'auteur, acteur, dramaturge, scénariste et humoriste. Il a marqué le théâtre, la télévision et la scène littéraire contemporaine britannique. Son œuvre sarcastique, qui met en scène toutes sortes de personnages dans leur vie quotidienne, a remporté un succès jamais démenti depuis plus de trente ans.

Windsor accueillait ce soir-là un banquet d'apparat : le président de la République française s'était placé aux côtés de Sa Majesté tandis que la famille royale se regroupait derrière eux ; la procession se mit lentement en marche et rejoignit le salon Waterloo.

— Maintenant que nous sommes en tête à tête, dit la reine en adressant des sourires de droite à gauche à l'imposante assemblée, je vais pouvoir vous poser les questions qui me tracassent au sujet de Jean Genet.

— *Ah… Oui*[1], dit le président.

La Marseillaise puis l'hymne britannique suspendirent durant quelques instants le déroulement des opérations, mais lorsqu'ils eurent rejoint leurs sièges, Sa Majesté se tourna vers le président et reprit :

— Il était homosexuel et il a fait de la prison, mais était-ce vraiment un mauvais garçon ? Ne pensez-vous pas qu'il avait un bon fond, au contraire ? ajouta-t-elle en soulevant sa cuillère.

---

1. Les mots en italique suivis d'un astérisque sont en français dans l'original *(N.d.T.)*.

N'ayant pas été briefé au sujet du dramaturge chauve, le président chercha désespérément des yeux sa ministre de la Culture, mais celle-ci était en grande conversation avec l'archevêque de Canterbury.

— Jean Genet, répéta la reine pour lui venir en aide. *Vous le connaissez?**

— *Bien sûr**, répondit le président.

— *Il m'intéresse**, dit la reine.

— *Vraiment**?

Le président reposa sa cuillère. La soirée promettait d'être longue.

C'étaient les chiens qui avaient tout déclenché. En général, après s'être promenés dans le jardin, ils remontaient les marches du perron, où un valet de pied venait leur ouvrir la porte. Ce jour-là cependant, pour Dieu sait quelle raison, ils avaient traversé la terrasse en aboyant, la truffe en l'air, avant de redescendre les marches à toute allure et de disparaître à l'angle du bâtiment. La reine les entendit japper dans l'une des cours intérieures, comme s'ils en avaient après quelqu'un.

Il s'agissait en l'occurrence du bibliobus de la commune de Westminster, un véhicule aussi imposant qu'un camion de déménagement et garé près des poubelles, à deux pas de la porte qui rejoignait les cuisines, de ce côté-là. La reine mettait rarement les pieds dans cette partie du palais et n'avait jamais aperçu le bibliobus auparavant. Les chiens non plus, du reste, ce qui expliquait leur tapage. Ne parvenant pas à les calmer, elle monta les quelques marches qui permettaient d'accéder à l'intérieur du véhicule, afin de s'excuser pour ce vacarme.

Le chauffeur était assis derrière son volant et lui tournait le dos, occupé à coller une étiquette sur un livre quelconque. Le seul client en vue était un jeune rouquin efflanqué en salopette blanche, qui lisait assis par terre dans la travée. Aucun d'eux n'avait vu apparaître la nouvelle arrivante, qui toussota avant de déclarer :

— Je suis désolée de cet affreux tapage.

En l'entendant, le chauffeur se redressa si brusquement qu'il se cogna le crâne contre l'étagère des ouvrages de référence. Quant au jeune homme, il renversa carrément le rayon consacré à la mode et à la photographie en se relevant dans la travée.

— Voulez-vous bien vous taire, stupides créatures, lança-t-elle à ses chiens en passant à nouveau la tête par la porte du bibliobus.

Cela laissa le temps au chauffeur/bibliothécaire de reprendre ses esprits et au jeune homme de ramasser ses livres — ce qui était d'ailleurs le but de la manœuvre.

— Nous n'avons jamais eu l'occasion de vous rencontrer jusqu'ici, monsieur…

— Hutchings, Votre Majesté. Je passe tous les mercredis.

— Vraiment ? Je l'ignorais. Venez-vous de loin ?

— Seulement de Westminster, Madame.

— Et vous, jeune homme, vous êtes…

— Norman, Madame. Norman Seakins.

— Et vous travaillez…

— Aux cuisines, Madame.

— Oh… Et cela vous laisse le temps de lire ?

— Pas exactement, Madame.

— Je suis dans le même cas que vous. Mais puisque je suis venue jusqu'ici, il ne serait sans doute pas déplacé que je vous emprunte un livre.

Mr Hutchings eut un sourire d'encouragement.

— Y a-t-il un ouvrage que vous puissiez particulièrement me recommander ?

— Cela dépend des goûts de Votre Majesté.

La reine hésita. À vrai dire, elle ne savait pas quoi répondre. La lecture ne l'avait jamais beaucoup intéressée. Il lui arrivait de lire, bien sûr, comme tout le monde, mais l'amour des livres était un passe-temps qu'elle laissait volontiers aux autres. Il s'agissait d'un hobby et la nature même de sa fonction excluait qu'elle eût des hobbies — qu'il s'agisse du jogging, de la culture des roses, des échecs, de l'escalade en montagne, de la décoration des gâteaux ou des modèles réduits d'avions. Tout hobby implique une préférence ; et les préférences devaient être évitées, car elles excluent trop de gens. Sa charge impliquait qu'elle manifeste de l'intérêt envers un certain nombre d'activités, non qu'elle s'y intéresse pour de bon. De surcroît, lire n'était pas agir. Et elle était une femme d'action. Elle examinait donc les rayonnages de livres qui tapissaient l'intérieur du bibliobus en cherchant à gagner du temps.

— Ai-je le droit de louer un livre ? Ne faut-il pas s'abonner ?

— Cela ne pose aucun problème, dit Mr Hutchings.

— Je suis d'ailleurs pensionnée, ajouta la reine, sans savoir si cela avait la moindre importance.

— Votre Majesté peut emprunter jusqu'à six volumes.

— Six ! Dieu du Ciel !

Entre-temps, le jeune rouquin avait fait son choix. Il tendit son livre au bibliothécaire, afin que celui-ci le tamponne. Cherchant toujours à gagner du temps, la reine s'en empara.

— Qu'avez-vous donc choisi, Mr Seakins ?

Elle ne s'attendait à rien de précis, mais assurément pas à cela.

— Oh, dit-elle. Cecil Beaton… Vous le connaissiez ?

— Non, Madame.

— Évidemment, vous êtes trop jeune. Il venait sans cesse au palais, pour prendre des photos. Et pas commode, avec ça. Mettez-vous de ce côté, ne bougez pas… Clic, clac. On lui a donc consacré un livre ?

— Plusieurs, Madame.

— Vraiment ? J'imagine que tout le monde finit par y avoir droit.

Elle feuilleta l'ouvrage.

— Il doit y avoir une photo de moi quelque part. Oui, je me souviens de celle-là. Mais il n'était pas seulement photographe, vous savez : il dessinait aussi. Il a fait les décors d'*Oklahoma*, des choses de ce genre.

— Je crois qu'il s'agissait de *My Fair Lady*, Madame.

— Oh, vraiment ? dit la reine, qui n'avait pas l'habitude d'être contredite. Où m'avez-vous dit que vous travailliez ? ajouta-t-elle en reposant le livre entre les mains du jeune homme, couvertes de taches de rousseur.

— Aux cuisines, Madame.

Elle n'avait toujours pas résolu son problème. Si elle quittait les lieux sans avoir emprunté de livre, Mr Hutchings allait penser qu'elle trouvait sa bibliothèque indigne d'elle. Elle aperçut soudain, sur une étagère où s'entassaient des ouvrages plutôt défraîchis, un nom qui lui rappelait quelque chose.

— Ivy Compton-Burnett ! Voilà un livre pour moi.

Elle s'empara du volume et le tendit à Mr Hutchings afin qu'il le tamponne.

— Quel régal ! dit-elle en serrant l'ouvrage contre elle avec un enthousiasme un peu exagéré. Oh… le précédent emprunt remonte à 1989, ajouta-t-elle après l'avoir ouvert.

— Ce n'est pas une romancière très populaire, Madame.

— Je me demande bien pourquoi ? Je l'ai pourtant anoblie.

Mr Hutchings s'abstint de lui dire qu'un titre de noblesse ne garantissait pas automatiquement les faveurs du public.

La reine regarda la photo, au dos de la jaquette.

— Oui, dit-elle, je me souviens de cette coiffure.

On aurait dit qu'elle avait un pâté en croûte sur la tête.

Elle sourit et Mr Hutchings comprit que la visite était terminée.

— Au revoir, dit-elle.

Il s'inclina, comme on lui avait demandé de le faire si jamais une telle éventualité se produisait, et la reine sortit. Elle prit la direction des jardins, suivie par les chiens qui s'étaient remis à aboyer, tandis que Norman, son livre sur Cecil Beaton à la main, contournait un cuisinier venu fumer une cigarette à côté des poubelles et regagnait les cuisines.

Après avoir fermé boutique et repris le volant du bibliobus, Mr Hutchings songeait que la lecture d'un roman d'Ivy Compton-Burnett demandait un certain temps. Il n'avait jamais poussé l'expérience bien loin, pour sa part, et conclut non sans raison que l'emprunt de ce livre avait été une marque de politesse, de la part de la reine. Il n'en appréciait pas moins son geste, qui allait au-delà de la simple courtoisie. Le conseil municipal menaçait sans arrêt de réduire les crédits alloués à la bibliothèque et le patronage d'une si illustre lectrice (ou plus exactement *cliente*, selon la terminologie du conseil) ne pouvait qu'apporter un peu d'eau à son moulin.

— Nous avons un bibliobus au palais, annonça la reine à son mari le soir même. Il passe tous les mercredis.

— Formidable, dit le duc. On n'arrête pas le progrès.

— Vous vous souvenez d'*Oklahoma*?

15

— Oui. Nous l'avons vu du temps de nos fiançailles.

Il songea un instant au blondinet impétueux qu'il était alors.

— N'était-ce pas Cecil Beaton qui avait dessiné les décors ? demanda la reine.

— Aucune idée. Je n'ai jamais pu encadrer ce type.

— Il dégage une odeur délicieuse.

— De qui parlez-vous ?

— De ce livre. Je l'ai emprunté.

— J'imagine qu'il est mort ?

— Qui ?

— Ce Beaton.

— Oh, oui. Tout le monde est mort.

— Mais c'était un bon spectacle.

Il alla se coucher en fredonnant d'un air maussade « Oh la belle matinée… », tandis que la reine ouvrait son livre.

La semaine suivante, elle comptait demander à l'une de ses caméristes de rapporter l'ouvrage, mais se retrouva embarquée par son secrétaire particulier dans un examen beaucoup plus détaillé de son emploi du temps qu'elle ne l'estimait nécessaire. Aussi saisit-elle ce prétexte pour couper court à la discussion — il s'agissait de la visite qu'elle devait rendre à un laboratoire de recherche — et déclara soudain qu'on était mercredi et qu'elle devait rapporter le livre qu'elle avait emprunté au bibliobus. Son secrétaire particulier, sir Kevin Scatchard, un Néo-

Zélandais ultra-consciencieux dont on attendait beaucoup, remballa à regret ses dossiers, en se demandant pourquoi Sa Majesté avait besoin des services d'un bibliobus alors qu'elle avait en permanence plusieurs bibliothèques à sa disposition.

Cette deuxième visite s'avéra plus calme, en l'absence des chiens. Norman était à nouveau le seul client.

— Comment l'avez-vous trouvé, Madame ? demanda Mr Hutchings.

— Le livre de dame Ivy ? Un peu sec. Et tous les personnages s'expriment de la même façon, l'aviez-vous remarqué ?

— À dire la vérité, Madame, je n'ai jamais pu dépasser les premières pages. Jusqu'où Votre Majesté est-elle allée ?

— Oh, jusqu'au bout. Une fois que je commence un livre, je le termine. C'est ainsi qu'on était élevé jadis : qu'il s'agisse des livres, des tartines beurrées ou de la purée de pommes de terre, il fallait toujours finir ce qu'il y avait dans son assiette. Ma philosophie n'a jamais varié sur ce point.

— Vous auriez pu vous dispenser de rapporter cet ouvrage, Madame. Nous réduisons notre stock ces temps-ci et les livres qui se trouvent sur cette étagère sont à la disposition des lecteurs.

— Vous voulez dire que je peux le garder ? dit la reine en serrant le livre contre elle. J'ai décidément bien fait de venir. Bon après-midi, Mr Seakins. Dans quoi êtes-vous plongé aujourd'hui ? Un nouveau livre sur Cecil Beaton ?

Norman lui tendit l'ouvrage qu'il était en train de consulter et qui était consacré à David Hockney. La reine le feuilleta, contemplant d'un air imperturbable les fessiers des jeunes gens qui émergeaient des piscines californiennes ou qu'on voyait allongés côte à côte en travers de lits défaits.

— Certains de ces tableaux paraissent inachevés, dit-elle. Et celui-ci est un simple barbouillage.

— Je crois que c'était son style à l'époque, Madame, dit Norman. C'est en fait un dessinateur de premier ordre.

La reine considéra à nouveau Norman.

— Vous travaillez aux cuisines ? dit-elle.

— Oui, Madame.

Elle n'avait pas réellement eu l'intention d'emprunter un autre livre mais songea que c'était sans doute préférable, étant donné qu'elle se trouvait là. Pourtant, en regardant les étagères, elle se sentait aussi démunie que la semaine précédente et ne savait pas lequel choisir. La vérité, c'est qu'elle n'avait pas vraiment envie d'un livre — et surtout pas d'un autre Ivy Compton-Burnett, dont la lecture était décidément trop fastidieuse. Mais elle eut de la chance, cette fois-ci, et son regard tomba sur *La Poursuite de l'amour* de Nancy Mitford. Elle s'empara du volume.

— Tiens donc… Ne s'agit-il pas de la femme dont la sœur a épousé ce Mosley [1] ?

Mr Hutchings lui confirma ce point.

---

1. Fondateur du parti néo-nazi anglais, dans les années d'avant-guerre *(N.d.T.)*.

— La belle-mère de son autre sœur était ma dame d'honneur, en charge de ma garde-robe.

— J'ignorais ce détail, Madame.

— Une autre de ses sœurs a eu cette pitoyable histoire avec Hitler. Sans parler de celle qui est devenue communiste. Je crois qu'il y en avait encore une autre… Mais c'est bien Nancy qui a écrit ce livre ?

— Oui, Madame.

— Bien.

Il était rare qu'un roman présente un tel réseau de relations et cela eut le don de rassurer la reine. Ce fut donc avec une certaine confiance qu'elle tendit l'ouvrage à Mr Hutchings, afin qu'il le tamponne.

Le choix de *La Poursuite de l'amour* se révéla particulièrement judicieux et à sa manière décisif. Si Sa Majesté était encore tombée sur un ouvrage ennuyeux — l'un des premiers romans de George Eliot, par exemple, ou l'un des derniers d'Henry James — elle aurait fort bien pu renoncer définitivement à la lecture, novice comme elle l'était dans cet art, et il n'y aurait pas la moindre histoire à raconter. Les livres, aurait-elle pensé, ne différaient guère du travail.

Mais celui-ci ne tarda pas à l'absorber et le soir même, passant devant sa chambre avec sa bouillotte, le duc l'entendit rire à gorge déployée. Il passa la tête dans l'embrasure de la porte.

— Tout va bien, ma chère ?

— Bien sûr. Je suis en train de lire.

— Encore ?

Il s'éloigna en hochant la tête.

Le lendemain matin, elle avait le nez qui coulait. N'ayant aucun rendez-vous ce jour-là, elle resta alitée en prétextant qu'elle ne tenait pas à s'enrhumer pour de bon. C'était une attitude tout à fait inhabituelle de sa part. De surcroît, il s'agissait d'un mensonge éhonté. La vérité, c'est que cela lui permettait de poursuivre sa lecture.

« La reine a légèrement pris froid » : tel fut le communiqué officiel adressé à la nation. Mais ce qu'il ne disait pas — et que la reine elle-même ignorait — c'est qu'il s'agissait du premier de la longue série de compromis que son engouement pour la lecture allait susciter et dont certains devaient avoir de lourdes conséquences.

Le jour suivant, la reine avait rendez-vous avec son secrétaire particulier, comme c'était régulièrement le cas. Ils devaient notamment aborder la question de ce qui est désigné de nos jours sous le nom de ressources humaines.

— À mon époque, lui dit-elle, on appelait cela le personnel.

Ce n'était d'ailleurs pas tout à fait exact : on disait plus volontiers « les domestiques ». Elle le précisa à son secrétaire, sachant que cela ne manquerait pas de le faire réagir.

— Cela pourrait être mal interprété, Madame, répondit sir Kevin. Il faut toujours faire en sorte que le public ne se sente pas offensé. Le terme de « domestiques » n'évoque rien de bien positif.

— Celui de « ressources humaines » n'évoque absolument rien, dit la reine. En tout cas à mes yeux.

Toutefois, puisque nous abordons ce sujet, il y a un membre de nos ressources humaines qui travaille actuellement aux cuisines et que j'aimerais promouvoir, en l'affectant à cet étage.

Sir Kevin n'avait jamais entendu parler de Seakins mais finit par le localiser, après avoir consulté plusieurs subalternes.

— Pour commencer, avait dit la reine, je ne comprends pas ce qu'il fabrique aux cuisines. C'est de toute évidence un jeune homme intelligent.

— Un peu indolent, à mon sens, déclara l'officier de la maison royale (au secrétaire particulier, il est vrai, et non pas à la reine). Un grand rouquin efflanqué. Je vous souhaite bon courage.

— Madame semble l'apprécier, dit sir Kevin. Elle souhaite qu'il soit muté à son étage.

C'est ainsi que Norman se trouva déchargé des corvées de vaisselle et se glissa (non sans difficulté) dans un uniforme de page, rattaché au service de la reine. Comme on pouvait s'y attendre, l'une de ses premières fonctions concernait le bibliobus.

N'étant pas libre le mercredi suivant (elle devait se rendre au gymnase de Nuneaton), la reine confia à Norman le soin de rapporter le livre de Nancy Mitford, en lui précisant qu'il avait apparemment une suite et qu'elle souhaitait la lire. Elle lui laissait également le soin de choisir à son intention tout autre volume susceptible de l'intéresser.

Cette dernière mission plongea Norman dans un certain embarras. C'était un assez bon lecteur, mais largement autodidacte, et il avait tendance à choisir ses lectures en fonction de l'appartenance de l'auteur à la communauté gay. Même si le champ d'exploration restait large, cela le limitait tout de même un peu, surtout quand il s'agissait de choisir un livre pour quelqu'un d'autre — et que cette personne n'était autre que la reine.

Mr Hutchings ne fut pas d'un grand secours, sauf en lui suggérant que les chiens intéressaient probablement Sa Majesté. Cela rappela à Norman un livre qu'il avait lu et qui devrait faire l'affaire : le roman de J. R. Ackerley, *Mon chien Tulipe*. Mr Hutchings se montra dubitatif et souligna le fait qu'il s'agissait d'un livre gay.

— Vraiment ? dit Norman d'un air innocent. Je ne m'en étais pas rendu compte. Mais elle fera surtout attention au chien.

Il monta ensuite les ouvrages dans les appartements de la reine. Comme on lui avait recommandé la plus grande discrétion, il se cacha derrière un cabinet Boulle en voyant brusquement surgir le duc.

— J'ai aperçu cette créature extraordinaire, rapporta S.A.R. un peu plus tard dans la journée. Le Rouquin Efflanqué en personne.

— Il doit s'agir de Norman, dit la reine. J'ai fait sa connaissance dans le bibliobus. Il travaillait jusqu'alors aux cuisines.

— Cela ne m'étonne pas, dit le duc.

— Il est très intelligent, dit la reine.

— Il a intérêt, dit le duc. Avec un physique pareil.

— Tulipe… C'est un drôle de nom pour un chien, dit un peu plus tard la reine à Norman.

— Le livre se présente comme une fiction, Madame, mais l'auteur possédait un chien dans la réalité, un berger alsacien. (Il s'abstint de lui révéler que l'animal avait été baptisé Queenie.) Il s'agit donc plutôt d'une autobiographie déguisée.

— Oh, dit la reine. Mais pourquoi l'avoir déguisée ?

Norman songea qu'elle le découvrirait en lisant l'ouvrage, mais garda cette remarque pour lui.

— Aucun de ses amis n'aimait son chien, Madame.

— C'est une attitude que d'autres ont pu connaître.

Norman acquiesça d'un air solennel, les chiens du couple royal jouissant d'une impopularité quasi unanime. La reine sourit. Elle se félicitait d'avoir découvert Norman. Elle savait qu'elle intimidait les gens, le plus souvent, et que peu de domestiques se comportaient avec naturel devant elle. Si bizarre soit-il, Norman restait fidèle à lui-même et il ne lui venait visiblement pas à l'esprit de chercher à passer pour quelqu'un d'autre. Ce qui était extrêmement rare.

Mais la reine aurait sans doute été moins enchantée d'apprendre que c'était essentiellement en raison de son grand âge que Norman ne se troublait pas en sa présence : aux yeux du jeune homme, son statut royal disparaissait derrière son ancienneté. Certes, elle était reine, mais c'était aussi une vieille dame :

Norman avait débuté dans la vie active comme employé dans un foyer pour personnes âgées, à Tyneside, et les vieilles dames lui étaient devenues indifférentes. Elle avait beau être son employeur, son âge avancé faisait d'elle une patiente plus qu'une souveraine, qu'il fallait d'ailleurs doublement ménager. Il est vrai qu'il raisonnait ainsi avant d'avoir compris à quel point elle était rusée, en dépit de l'usure des ans.

Elle était également extrêmement conventionnelle. Maintenant qu'elle s'était mise à lire, elle se disait qu'elle aurait peut-être dû le faire — ne serait-ce que de temps à autre — dans la pièce réservée à cet effet, à savoir la bibliothèque du palais. Mais celle-ci avait beau en porter le nom et être couverte de rayonnages chargés d'augustes ouvrages, on n'y lisait pratiquement plus de nos jours, à supposer qu'on l'ait fait autrefois. C'était dans cette pièce qu'arrivaient jadis les ultimatums, qu'on échafaudait des plans de bataille, qu'on compilait des livres de prière et qu'on décidait des mariages princiers, mais ce n'était décidément pas l'endroit rêvé pour s'isoler avec un livre. Il était même quasi impossible de s'emparer du moindre volume, car les livres étaient barricadés derrière des panneaux grillagés et cadenassés à double tour. Sans compter que la plupart d'entre eux étaient d'une valeur inestimable, ce qui n'invitait guère à les manipuler. Non, puisque lecture il y avait, mieux valait la pratiquer dans un endroit que rien *a priori* ne prédestinait à ça. Avant de regagner son étage, la reine songea qu'il faudrait peut-être tirer leçon de ce constat.

Après avoir fini le deuxième volume de Nancy Mitford, *L'Amour dans un climat froid*, la reine s'aperçut avec délectation qu'elle avait écrit d'autres livres. Et même si certains d'entre eux relevaient apparemment de la chronique historique, elle les inscrivit sur la liste de lecture qu'elle venait d'inaugurer et qu'elle conservait dans un tiroir de son bureau. Entre-temps, elle avait attaqué le volume que Norman avait choisi pour elle : *Mon chien Tulipe*, de J. R. Ackerley. (Avait-elle eu l'occasion de rencontrer l'auteur ? Elle ne le pensait pas.) Elle apprécia l'ouvrage, ne serait-ce que parce que le chien en question était encore plus insupportable que les siens — comme Norman le lui avait dit — et presque aussi unanimement détesté. S'apercevant qu'Ackerley avait également écrit son autobiographie, elle envoya Norman l'emprunter à la bibliothèque royale de Londres. Bien que protectrice de l'établissement, elle y avait rarement mis les pieds — et Norman encore moins, cela va sans dire. Mais le jeune homme revint à la fois ébloui et enthousiasmé par l'endroit, déclarant que c'était le genre de bibliothèque dont il avait lu la description dans d'innombrables livres mais qu'il croyait être l'apanage du passé. Il avait erré parmi ses travées labyrinthiques, émerveillé à l'idée qu'il pouvait (enfin, que la reine pouvait) emprunter à sa guise n'importe lequel de ces volumes. Son enthousiasme était si communicatif que la reine songea à l'accompagner en personne, la prochaine fois.

Elle lut donc l'autobiographie d'Ackerley, découvrant sans surprise (étant donné qu'il était homosexuel) qu'il avait travaillé à la BBC, tout en songeant que son existence n'avait rien eu de bien folichon. Son chien l'intriguait, bien qu'elle fût déconcertée par l'intimité et l'attention presque vétérinaire qu'il accordait à cette créature. Elle était également surprise que les soldats de la Garde fussent aussi disponibles que le prétendait l'ouvrage — et pour un tarif aussi modeste. Elle aurait aimé en savoir un peu plus à ce sujet, mais bien qu'une partie des officiers attachés à son service fissent partie de la Garde, elle hésitait à leur poser ce genre de questions.

Dans le livre apparaissait aussi E. M. Forster, en compagnie duquel elle se souvenait avoir passé une demi-heure épouvantable, lorsqu'elle l'avait décoré de la médaille des *Companions of Honour*. Timide et recroquevillé dans son coin comme une souris, il n'avait pas dit trois mots — et d'une voix si ténue qu'on l'entendait à peine. Il cachait pourtant bien son jeu. Assis de la sorte, telle une créature surgie d'*Alice au pays des merveilles*, il ne laissait rien paraître des sentiments qui l'agitaient. Aussi avait-elle été agréablement surprise, en lisant sa biographie, de découvrir les propos qu'il avait tenus par la suite : il avait en effet déclaré qu'il serait à coup sûr tombé amoureux d'elle, si elle avait été un garçon.

Il n'aurait évidemment pas pu lui faire une telle déclaration de vive voix, elle en avait bien conscience. Mais plus elle lisait, et plus elle regrettait d'intimider ainsi les gens. Elle aurait bien aimé que les écrivains en particulier aient le courage de lui dire en face ce qu'ils confiaient ensuite au papier. Elle découvrait également que chaque livre l'entraînait vers d'autres livres, que les portes ne cessaient de s'ouvrir, quels que soient les chemins empruntés, et que les journées n'étaient pas assez longues pour lire autant qu'elle l'aurait voulu.

Mais elle éprouvait aussi du regret, et même une certaine humiliation, en songeant à toutes les opportunités qu'elle avait laissées filer. Dans son enfance, elle avait rencontré Masefield et Walter de la Mare. Elle n'aurait d'ailleurs pas eu grand-chose à leur dire, mais elle avait également croisé T. S. Eliot, Priestley, Philip Larkin et même Ted Hughes — à qui elle aurait bien voulu arracher deux ou trois mots mais qui était resté tétanisé en sa présence. Tout cela parce qu'elle avait si peu lu, à l'époque, notamment les livres qu'ils avaient écrits, et qu'elle n'avait rien trouvé à leur dire : et eux, de leur côté, ne lui avaient bien sûr tenu que des propos insignifiants. Quel gâchis…

Elle commit l'erreur d'aborder ce sujet avec sir Kevin.

— Mais Madame avait sûrement été briefée ?

— Bien sûr, dit la reine. Mais être briefé, ce n'est pas lire : c'est même exactement l'inverse. Le briefing doit être concis, concret, efficace. La lecture est désordonnée, décousue et constamment attrayante. Le briefing vise à clore une discussion, la lecture ne cesse de la relancer.

— Oserai-je rappeler à Sa Majesté qu'il était question de visiter cette fabrique de chaussures ?

— Nous en parlerons la prochaine fois, dit sèchement la reine. Où ai-je mis mon livre ?

Ayant découvert par elle-même les plaisirs de la lecture, Sa Majesté ne demandait pas mieux que de les partager.

— Vous arrive-t-il de lire, Summers ? demandat-elle à son chauffeur, sur la route de Northampton.

— De lire, Madame ?

— Oui, de lire des livres.

— Lorsque l'occasion se présente, Madame. Je trouve rarement le temps.

— C'est ce que disent la plupart des gens. Mais il suffit de se l'accorder, ce temps. Regardez : ce matin, par exemple, vous allez devoir faire le pied de grue devant l'hôtel de ville. Vous pourriez très bien lire, en m'attendant.

— Il faut que je surveille la voiture, Madame. Nous sommes dans les Midlands. Les vandales ne manquent pas.

Une fois Sa Majesté remise entre les mains du lord lieutenant, Summers laissa tourner le moteur pendant quelques instants, en vérifiant que tout était en ordre, puis alla s'asseoir sur son siège. Lire ? Bien sûr, qu'il lisait. Tout le monde lisait. Il ouvrit la boîte à gants et sortit son exemplaire du *Sun*.

D'autres — Norman, en particulier — se montraient plus réceptifs. La reine ne cherchait d'ailleurs pas à lui masquer ses défaillances de lectrice, ni plus généralement ses lacunes en matière culturelle.

— Savez-vous dans quel registre je pourrais véritablement briller ? lui dit-elle un après-midi où ils lisaient ensemble dans son bureau.

— Non, Madame.

— Les émissions du genre « Questions pour un champion ». En admettant même que la pop music ou le sport puissent me poser quelques problèmes, comme j'ai parcouru le monde entier et visité tous les pays, je connais la plupart des réponses sur le bout des doigts, qu'il s'agisse de la capitale du Zimbabwe ou des ressources naturelles de la Nouvelle-Galles du Sud.

— Je pourrais vous donner un coup de main pour la pop, dit Norman.

— Oui, dit la reine. Nous formerions une bonne équipe. Ah… *La route que nul n'emprunte…* De qui est-ce ?

— Pardon, Madame ?

— *La route que nul n'emprunte.* Pouvez-vous vérifier ?

Norman consulta le *Dictionnaire des citations* et découvrit qu'il s'agissait de Robert Frost.

— J'ai trouvé le terme qui vous convient, dit la reine.

— Oui, Madame ?

— Vous faites les courses, vous rapportez mes livres à la bibliothèque, vous cherchez dans le dictionnaire les définitions des mots rares et l'origine des citations. Savez-vous quel nom correspond à cette fonction ?

— Auparavant, j'étais homme à tout faire, Madame.

— Eh bien, vous ne l'êtes plus à présent. Vous êtes mon tabellion particulier.

Norman chercha le mot dans le dictionnaire qui ne quittait désormais plus le bureau de la reine : « Officier chargé de conserver les actes notariés. *Par extension :* celui qui écrit sous la dictée ou recopie des manuscrits ; assistant littéraire. »

Le nouveau tabellion disposait d'une chaise dans le couloir, à côté du bureau de la reine : il y restait assis et passait son temps à lire quand il n'était pas appelé auprès de Sa Majesté ou parti faire une course. Du coup, il n'était pas très bien vu par les autres pages, qui avaient tendance à considérer qu'il se tournait les pouces et ne possédait pas la dignité nécessaire à sa fonction. Un officier attaché au service de la reine lui demandait de temps à autre s'il n'avait rien de mieux à faire. Au début, il ne savait pas trop quoi répondre. Mais maintenant, il disait qu'il lisait tel ou tel livre à la demande de Sa Majesté, ce qui était d'ailleurs souvent la vérité, mais suscitait une irritation perceptible chez son interlocuteur, qui s'éloignait en grommelant d'un air désapprobateur.

Comme elle lisait de plus en plus, la reine se fournissait désormais auprès de diverses bibliothèques, y compris les siennes. Mais pour des raisons sentimentales, et parce qu'elle aimait bien Mr Hutchings, il lui arrivait parfois de descendre dans l'arrière-cour des cuisines et de soutenir dans ses efforts le responsable du bibliobus.

Un mercredi après-midi, toutefois, le véhicule ne se montra pas ; et on ne le vit pas davantage la semaine suivante. Norman fut aussitôt chargé de se renseigner sur cette affaire et apprit que le passage du bibliobus au palais avait été supprimé suite à de sévères restrictions budgétaires. Norman ne se découragea pas et finit par retrouver le véhicule dans la cour d'une école de Pimlico : Mr Hutchings était toujours assis derrière son volant, à coller des étiquettes. Il lui expliqua qu'il avait fait valoir aux responsables des bibliothèques itinérantes que Sa Majesté était au nombre de ses clientes, mais cela avait laissé de marbre le conseil municipal. On lui apprit en effet qu'avant de supprimer ces visites, la municipalité avait mené une discrète enquête au palais, où la question n'intéressait apparemment personne.

La reine écoutait Norman lui rapporter ces faits d'un air scandalisé, mais au fond cela ne la surprenait guère. Elle ne le lui avoua pas, mais l'histoire confirmait ce qu'elle soupçonnait déjà, à savoir que dans les cercles monarchiques, la passion de la lecture — la sienne, en tout cas — n'était pas particulièrement bien vue.

Si la disparition du bibliobus était une déconvenue, elle eut au moins une heureuse conséquence, puisque Mr Hutchings se retrouva inscrit sur le nouveau tableau d'honneur royal. Il ne figurait certes pas au premier rang, tant s'en faut, mais était nommé parmi les sujets qui avaient rendu à Sa Majesté, à titre personnel, un service digne d'être souligné. Cela non plus ne fut pas très bien vu, notamment par sir Kevin.

En raison de ses origines néo-zélandaises et du renouveau qu'il semblait incarner, la nomination de sir Kevin Scatchard avait eu les faveurs de la presse, ainsi qu'il était prévisible, comme si cet homme encore dans la fleur de l'âge allait enfin donner le coup de balai qu'on attendait et mettre un terme à l'excès de déférence et aux flagorneries éhontées qui étaient l'apanage croissant de la monarchie. Certains allaient jusqu'à comparer l'état de cette dernière à la fameuse réception de mariage de miss Havisham, avec ses chandeliers couverts de toiles d'araignée et son gâteau infesté de souris — sir Kevin tenant le rôle de Mr Pip et écartant les rideaux rongés aux mites pour laisser entrer la lumière. La reine, qui avait l'avantage d'avoir elle-même incarné jadis cette bouffée d'air frais, restait plutôt sceptique face à un tel scénario, convaincue que cette bourrasque venue des antipodes retomberait d'elle-même, le moment venu. Les secrétaires particuliers allaient et venaient, comme les Premiers ministres, et dans le cas de sir Kevin la reine avait l'impression d'être un simple marchepied vers les sommets étatiques qu'il ambitionnait visiblement d'atteindre. Il était diplômé de Harvard et l'un de ses buts publiquement affichés était « d'embellir notre modeste étable », pour reprendre sa formule, c'est-à-dire de rendre la monarchie plus accessible. L'ouverture du palais de Buckingham au public pour des visites guidées avait été l'une de ses premières initiatives en ce sens, tout comme l'organisation de concerts occasionnels, de pop music ou autre, dans les jardins royaux. Mais cette affaire de lecture le mettait mal à l'aise.

— J'ai l'impression, Madame, que sans être précisément élitiste cette attitude n'envoie pas le bon message aux gens. Elle tend plus ou moins à les exclure.

— Les exclure ? La plupart des gens savent lire.

— Ils savent effectivement lire, Madame, mais je ne suis pas certain qu'ils le fassent.

— Dans ce cas, sir Kevin, je leur donne le bon exemple.

Elle sourit avec douceur, en remarquant que depuis quelque temps sir Kevin présentait des traits nettement moins néo-zélandais qu'à l'époque de son engagement : son accent en particulier avait presque entièrement perdu cette nuance propre à son pays d'origine — détail auquel il était sensible, Sa Majesté ne l'ignorait pas, même s'il n'aimait guère qu'on le lui rappelle (elle le savait grâce à Norman).

L'autre sujet délicat concernait son prénom, que le secrétaire particulier portait comme un boulet. Jamais il n'aurait choisi de lui-même de s'appeler Kevin, et la fréquence à laquelle ce prénom revenait dans la bouche de la reine le mettait au supplice, même si elle pouvait difficilement se rendre compte du malaise qu'il lui inspirait.

En fait, elle en avait parfaitement conscience (là

encore, grâce à Norman), mais pour elle le prénom des gens avait quelque chose d'immatériel — comme leurs vêtements, du reste, leur intonation ou leur rang dans la société. Elle était sur ce plan une authentique démocrate, la seule peut-être du pays.

Aux yeux de sir Kevin, toutefois, il semblait qu'elle prononçait ce prénom beaucoup plus souvent qu'il n'était nécessaire. Et en certaines occasions, il était convaincu qu'elle sentait souffler à travers lui l'air de la Nouvelle-Zélande, pays des moutons et des longs après-midi dominicaux qu'elle avait visité à plusieurs reprises, en tant que patronne du Commonwealth, sans dissimuler l'enthousiasme qu'il lui inspirait.

— Il est important, reprit sir Kevin, que Votre Majesté reste concentrée.

— En me demandant de « rester concentrée », sir Kevin, je suppose que vous voulez dire que je ne dois pas quitter la balle des yeux. Ma foi, c'est ce que j'ai fait pendant plus de cinquante ans et j'estime avoir désormais le droit de jeter de temps à autre un coup d'œil en dehors du terrain.

Elle se dit que sa métaphore avait un peu dérapé, mais sir Kevin ne semblait pas l'avoir remarqué.

— Je conçois, reprit-il, que Votre Majesté ait besoin d'un passe-temps.

— Un passe-temps ? dit la reine. Les livres sont tout sauf un passe-temps. Ils sont là pour vous parler d'autres vies, d'autres mondes. Loin de vouloir passer le temps, sir Kevin, j'aimerais au contraire en avoir davantage à ma disposition. Si j'avais envie de passer le temps, j'irais en Nouvelle-Zélande.

Son prénom ayant été mentionné à deux reprises — sans compter l'allusion à la Nouvelle-Zélande —, sir Kevin se retira vaguement humilié. Il avait pourtant marqué un point et aurait été ravi d'apprendre que sa remarque avait troublé la reine. Pourquoi, se demandait-elle, avait-elle brusquement ressenti cet attrait pour les livres, à ce moment précis de son existence ? D'où lui venait ce soudain appétit ?

Peu de gens, après tout, avaient comme elle parcouru la terre entière. Il y avait peu de pays qu'elle n'avait jamais visités, peu de célébrités qui ne lui avaient pas été présentées. Et elle faisait elle-même partie du spectacle du monde. Pourquoi était-elle donc attirée aujourd'hui par les livres, qui — quelle que soit par ailleurs leur vertu — n'étaient après tout qu'un reflet, une version du monde ? À quoi bon tous ces livres, puisqu'elle avait vu les choses en vrai ?

— Je crois que je me suis mise à lire par devoir, dit-elle un jour à Norman. Il fallait que je découvre de quoi les gens ont l'air, pour de bon.

La remarque était un peu triviale et Norman n'y prêta guère attention, n'éprouvant quant à lui aucune obligation de ce genre. Il lisait pour son seul plaisir, non pour accroître ses connaissances — même si cet accroissement participait de son plaisir, il en avait bien conscience. Mais le sentiment du devoir n'avait rien à voir là-dedans.

Pour quelqu'un qui avait reçu l'éducation de la reine, néanmoins, la notion de plaisir était toujours passée au second plan, bien après celle du devoir. Si elle avait l'impression que son devoir était de lire, elle pouvait décider d'y consacrer son temps ; et si le plaisir en découlait, cela restait aléatoire et tout à fait secondaire. Mais pourquoi cela lui arrivait-il maintenant ? Elle n'aborda pas cette question avec Norman, sentant bien que cela avait à voir avec la personne qu'elle était et la position qu'elle occupait.

Cet attrait pour la lecture, songeait-elle, tenait au caractère altier et presque indifférent de la littérature. Les livres ne se souciaient pas de leurs lecteurs, ni même de savoir s'ils étaient lus. Tout le monde était égal devant eux, y compris elle. La littérature est une communauté, les lettres sont une république. Elle avait déjà entendu cette formule, lors de remises de médailles et de cérémonies diverses, sans savoir au juste ce qu'elle signifiait. À cette époque, elle considérait que la moindre allusion à quelque république que ce soit avait en sa présence quelque chose de déplacé et de vaguement insultant, pour ne pas dire plus. Aujourd'hui seulement elle en comprenait le sens. Les livres ne varient pas. Tous les lecteurs sont égaux. Et cela la ramenait d'une certaine façon au début de son existence. Dans son enfance, elle avait connu l'une des plus grandes émotions de sa vie : sa sœur et elle s'étaient faufilées hors des grilles du palais, un soir de fête, et s'étaient mêlées à la foule sans qu'on les reconnaisse. La lecture procurait un sentiment du même ordre. Il y avait en elle quelque chose d'anonyme, de partagé, de *commun*. Ayant mené une existence à part, elle se rendait compte à présent qu'elle désirait ardemment éprouver un tel sentiment : elle pouvait parcourir toutes ces pages, l'espace contenu entre les couvertures de tous ces livres, sans qu'on la reconnaisse.

Toutefois, ces doutes et ces interrogations ne se posèrent à elle qu'au début de son parcours. Une fois initiée, le phénomène de la lecture cessa de lui paraître étrange et les livres qu'elle avait initialement abordés avec une certaine prudence devinrent peu à peu son élément naturel.

L'une des obligations récurrentes de la reine était l'ouverture annuelle des sessions du Parlement, charge qu'elle trouvait jusqu'alors plutôt attrayante : descendre le Mall par une belle matinée d'automne était toujours un régal, même au bout de cinquante ans. Mais il n'en allait plus de même à présent. Elle appréhendait les deux interminables heures que la cérémonie allait lui prendre. Heureusement, le trajet devait s'effectuer à bord du carrosse et non du cabriolet découvert, ce qui lui permettrait d'emporter son livre. Elle arrivait fort bien à lire tout en saluant la foule de la main : il suffisait qu'on maintienne le volume ouvert devant elle, juste en dessous de la fenêtre, et qu'elle ne le quitte pas des yeux. Évidemment, cela n'enchantait guère le duc, mais c'était relativement efficace.

Tout était donc au point, sauf qu'à la dernière minute, alors qu'elle avait déjà pris place à bord du carrosse et que la procession prête à la suivre s'étirait dans la cour du palais, elle s'aperçut après avoir chaussé ses lunettes qu'elle avait oublié son livre.

Tandis que le duc pestait dans son coin, que les postillons s'agitaient, que les chevaux renâclaient et que les harnais grinçaient, on appela Norman sur le portable. La garde royale se mit au repos et la procession s'immobilisa. L'officier qui était en charge des opérations regarda sa montre : deux minutes de retard. Sachant que rien ne contrariait davantage Sa Majesté et ignorant de quel livre il s'agissait, il n'osait imaginer les répercussions qui ne manqueraient pas d'en découler. Mais Norman surgit tout à coup, courant sur le gravier et chargé du précieux volume, qu'on avait eu soin de dissimuler dans les épaisseurs d'un châle : on put enfin se mettre en route.

Ce fut toutefois un couple royal de fort mauvaise humeur qui descendit le Mall, le duc saluant de son côté la foule d'un air excédé, et la reine du sien avec indifférence — au pas de charge en plus, la procession cherchant désespérément à rattraper ses deux minutes de retard.

Arrivée à Westminster, en prévision du retour, elle glissa l'objet du délit sous un coussin, à l'intérieur du carrosse. Elle était consciente, en s'asseyant sur le trône et en entamant son discours, du caractère fastidieux des fadaises que son devoir l'obligeait à proférer — alors que c'était l'unique occasion qui s'offrait à elle de lire quelque chose à la nation. « Mon gouvernement fera ceci… mon gouvernement fera cela… » Cette prose était tellement dénuée de style et d'intérêt que cela rabaissait à ses yeux l'acte même de lire. Et sa performance avait quelque chose d'encore plus faux cette année, étant donné qu'elle essayait elle aussi de rattraper ces deux minutes de retard.

Ce fut avec un certain soulagement qu'elle regagna le carrosse et souleva le coussin pour récupérer son livre. Il n'y était pas. Tout en saluant vaillamment la foule de la main, une fois le véhicule en route, elle palpa subrepticement les autres coussins.

— Vous n'êtes pas assis dessus ?

— Assis sur quoi ? demanda le duc.

— Sur mon livre.

— Nullement. Il y a des membres de la Légion britannique de votre côté, ma chère, ainsi que des personnes en fauteuils roulants. Faites-leur signe, bon sang.

Une fois rentrée au palais, elle eut un vif échange avec Grant, le jeune valet de pied en charge de ces questions, qui lui expliqua que pendant que Sa Majesté lisait son discours devant la Chambre des lords, les chiens renifleurs avaient inspecté le carrosse et que le livre avait été embarqué par les services de sécurité, qui l'avaient probablement fait exploser.

— Exploser ? dit la reine. Mais c'était un livre d'Anita Brookner.

Avec un manque de déférence évident, le jeune homme répondit que la sécurité avait dû penser qu'il s'agissait d'un détonateur.

— Ce n'est pas tout à fait faux, dit la reine. Ce livre est une véritable bombe pour l'imagination.

— Oui, Madame, répondit le valet de pied.

On aurait dit qu'il s'adressait à sa grand-mère. Ce n'était pas la première fois que la reine constatait, avec un certain déplaisir, l'hostilité que semblait susciter son engouement pour la lecture.

— Très bien, dit-elle. Vous informerez donc les services de sécurité que j'espère découvrir demain matin sur mon bureau un autre exemplaire de cet ouvrage, contrôlé par leurs soins et délesté de ses éventuels explosifs. Autre chose : les coussins du carrosse sont sales. Regardez dans quel état sont mes gants, ajouta-t-elle avant de quitter les lieux.

— Merde, dit le valet de pied en retirant le livre de son pantalon, où on lui avait demandé de le cacher.

Quant au retard qu'avait connu la procession, il ne suscita aucun commentaire officiel, à la surprise générale.

La réprobation que provoquaient les lectures de la reine n'était pas l'apanage du personnel du palais. Alors qu'autrefois ses promenades étaient l'occasion pour ses chiens de gambader bruyamment et sans retenue sur les pelouses, elle s'asseyait à présent sur le premier banc venu, sitôt le palais hors de vue, et se mettait à lire. Elle leur donnait bien un biscuit de temps en temps, mais les lancers de balle ou de bâton et la frénésie qui caractérisait jadis leurs allées et venues n'étaient décidément plus de saison. En dépit de l'indulgence dont ils bénéficiaient (et de leur mauvais caractère), ces chiens n'étaient pas totalement stupides : rien d'étonnant donc qu'en un temps record ils se soient mis à détester les livres, étant donné la concurrence déloyale que ceux-ci leur livraient.

Si jamais Sa Majesté avait le malheur d'en laisser tomber un sur le tapis, le chien le plus proche se jetait aussitôt dessus, le saisissait dans sa gueule ruisselante de bave et l'emmenait au fin fond du palais où il pouvait tranquillement le mettre en pièces, dans un recoin quelconque. Ian McEwan avait subi ce triste sort, en dépit du respectable prix qu'il venait de recevoir, tout comme A. S. Byatt. Malgré son statut de protectrice de la bibliothèque de Londres, Sa Majesté se voyait fréquemment dans l'obligation de décrocher le téléphone et de s'excuser en personne, en déplorant la perte d'un nouveau volume.

Les chiens regardaient également Norman de travers. Attendu que le jeune homme pouvait être tenu au moins en partie pour responsable de l'enthousiasme littéraire de la reine, sir Kevin ne le voyait pas non plus d'un très bon œil. Il était de plus irrité par sa proximité constante : car s'il n'était jamais présent dans son bureau lorsque le secrétaire particulier s'entretenait avec Sa Majesté, il se trouvait toujours à portée de voix.

Ils étaient justement en train de préparer une visite royale au pays de Galles, qui devait avoir lieu dans une quinzaine de jours. Au beau milieu de l'examen du programme (une promenade dans un tramway flambant neuf, un concert d'ukulélé et la visite d'une fabrique de fromages), Sa Majesté se leva brusquement et se dirigea vers la porte.

— Norman…

Sir Kevin entendit les pieds de la chaise racler le sol, tandis que Norman se levait.

— Nous devons nous rendre au pays de Galles dans quelques semaines.

— Pas de chance, Madame.

La reine sourit en se tournant vers sir Kevin, qui ne souriait pas.

— Norman a son franc-parler, dit-elle. Bon, nous avons déjà lu Dylan Thomas et quelques volumes de John Cowper Powys. Sans parler de Jan Morris. Que nous reste-t-il ?

— Votre Majesté pourrait essayer Kilvert, dit Norman.

— Qui est-ce ?

— Un vicaire du XIX\ :sup:`e` siècle, Madame. Il vivait en bordure du Pays de Galles et aimait beaucoup les petites filles.

— Oh, dit la reine. Comme Lewis Carroll.

— Pire, Madame.

— Mon Dieu. Pouvez-vous me procurer son *Journal* ?

— Je l'ajouterai à notre liste, Madame.

Sa Majesté referma la porte et revint s'asseoir à son bureau.

— Vous voyez, sir Kevin. Vous ne pourrez pas dire que je ne fais pas mon devoir.

Sir Kevin, qui n'avait jamais entendu parler de Kilvert, ne se laissa pas démonter.

— Cette fabrique de fromages est située dans un nouveau complexe industriel, construit sur l'emplacement d'une ancienne mine de charbon, et qui a redynamisé l'ensemble de la région.

— Oh, je n'en doute pas, dit la reine. Mais reconnaissez que la littérature a ses bons côtés, elle aussi.

— Je ne saurais le dire, Madame, répondit sir Kevin. L'usine voisine, dont Votre Majesté va inaugurer le réfectoire, fabrique des composants d'ordinateurs.

— Il y aura de la musique, je suppose ?

— Oui, Madame. Une chorale est prévue.

— C'est généralement le cas.

Sir Kevin avait décidément un visage très musculeux, songea la reine. On aurait dit que ses joues elles-mêmes étaient musclées : elles se plissaient chaque fois qu'il fronçait les sourcils. Si elle avait été romancière, se dit-elle, elle aurait sans doute noté ce genre de détails.

— Il faudra s'assurer de chanter le bon hymne, Madame.

— Au pays de Galles, c'est en effet préférable, dit la reine. Vous avez des nouvelles du pays ? La tonte de la laine a-t-elle commencé ?

— Pas à cette époque de l'année, Madame.

— Ah, les bêtes sont encore aux champs.

Son visage se fendit du large sourire signifiant que l'entrevue était terminée. Lorsque le secrétaire se retourna pour faire sa courbette, dans l'encadrement de la porte, elle s'était déjà replongée dans son livre et lui marmonna un vague « Au revoir », sans même relever les yeux.

Comme prévu, Sa Majesté se rendit donc au pays de Galles, puis en Écosse, puis dans le Lancashire et dans l'ouest de l'Angleterre, poursuivant ce périple ininterrompu d'un bout à l'autre de la nation qui est le lot des monarques. La reine devait rencontrer son peuple, malgré l'embarras (quand ce n'était pas le mutisme) qui caractérisait ces échanges. Et c'était d'ailleurs sur ce plan que son personnel pouvait s'avérer utile.

Pour éviter que les sujets ne se trouvent sans voix en présence de leur souveraine, les officiers du palais royal avaient l'art de préparer le terrain, en leur suggérant divers sujets de conversation.

— Il n'est pas impossible que Sa Majesté vous demande si vous avez fait un long trajet pour venir jusqu'ici. Préparez-vous donc à lui répondre que vous êtes venu en voiture ou en train, selon le cas. Dans la première de ces hypothèses, elle vous demandera peut-être où vous avez garé votre véhicule et si la circulation est plus dense à Londres qu'à… d'où venez-vous, déjà?… qu'à Andover. La reine s'intéresse à tous les aspects de la vie du pays, voyez-vous : il lui arrive d'évoquer les difficultés qu'on rencontre de nos jours pour se garer dans Londres, ce qui pourrait vous amener à lui parler des problèmes de cet ordre que vous connaissez à Basingstoke.

— À Andover, en fait. Mais il est vrai que la situation à Basingstoke est devenue cauchemardesque.

— Je ne vous le fais pas dire. Bref, vous voyez la tournure que prendra la conversation?

Si mondains que fussent le plus souvent ces échanges, ils avaient au moins le mérite d'être sans surprise et surtout fort brefs, ce qui laissait toute latitude à Sa Majesté pour couper court à la discussion. Les rencontres se déroulaient dans le calme et respectaient l'horaire, la reine donnait l'impression de s'y intéresser et ses sujets se trouvaient rarement pris de court. C'était sans doute, de toute leur vie, l'entrevue qu'ils avaient attendue avec le plus d'impatience, et le fait que la conversation ait roulé sur les bretelles neutralisées de l'autoroute M 6 n'avait au fond qu'assez peu d'importance. Ils avaient rencontré la reine, elle leur avait parlé et l'entrevue avait pris fin à l'heure prévue.

Ces rencontres avaient un caractère tellement routinier que les officiers du palais se donnaient rarement la peine d'y assister en personne, tout en demeurant dans les parages, prêts à intervenir en cas de besoin avec un sourire aussi empressé que condescendant. Mais lorsqu'il devint évident que le mutisme de ses sujets allait croissant et qu'ils étaient de plus en plus déroutés par leurs échanges avec Sa Majesté, le personnel commença à tendre l'oreille, afin de s'enquérir des propos qui étaient (ou n'étaient pas) tenus.

Ils s'aperçurent ainsi que, sans en avoir informé ses assistants, la reine avait abandonné le registre de ses questions habituelles — distance parcourue, ville d'origine, nombre d'années de carrière — pour aborder un nouveau sujet de conversation, à savoir : « Que lisez-vous en ce moment ? » Parmi les loyaux sujets de Sa Majesté, fort peu étaient en mesure de répondre à une telle question (« La Bible ? » hasarda l'un d'eux). D'où les silences embarrassés qui s'ensuivaient et que la reine avait tendance à combler en ajoutant : « Pour ma part, je suis en train de lire… » — allant parfois jusqu'à sortir de son sac à main le volume en question, pour le montrer à son interlocuteur. Du coup, comme il était à prévoir, les audiences s'éternisaient et prenaient un caractère décousu. Et un nombre croissant de ses bien-aimés sujets s'en retournaient avec le sentiment de s'être mal comportés — mais aussi avec l'idée que Sa Majesté s'était plus ou moins payé leur tête.

Piers, Tristram, Giles et Elspeth — les dévoués serviteurs de la reine — comparaient leurs notes, une fois leur service terminé.

— Que lisez-vous en ce moment ? Pourquoi leur pose-t-elle une question pareille ? La plupart de ces malheureux ne lisent jamais une ligne. Sauf que, s'ils le lui disent, Madame fouillera dans son sac et leur offrira le volume qu'elle vient de terminer.

— Et qu'ils s'empresseront de revendre sur eBay.

— Exactement. Avez-vous suivi la reine récemment, dans l'un de ses déplacements ? intervint l'une de ses dames d'honneur. La nouvelle commence à circuler… Et maintenant, à la place du minable bouquet de narcisses ou de la brassée de primevères défraîchies que Sa Majesté nous demandait de ranger dans le coffre de sa voiture, les gens lui apportent les livres qu'ils sont en train de lire — et même, tenez-vous bien, d'écrire ! Résultat, quand on a le malheur d'être de service ce jour-là, il faudrait un wagon entier pour caser tout ça. Si j'avais voulu trimballer des livres, j'aurais cherché du travail chez Hatchards... Je crains que Sa Majesté ne finisse par se comporter comme une enfant gâtée.

Les officiers du palais se plièrent néanmoins à cette nouvelle lubie. Tout contrariés qu'ils étaient à l'idée de devoir modifier leurs habitudes, ses assistants changèrent leur fusil d'épaule. Au cours des entrevues préparatoires, ils suggéraient désormais aux visiteurs que Sa Majesté allait sans doute s'enquérir comme autrefois de la distance qu'ils avaient parcourue et de leur mode de transport, mais qu'elle risquait aussi de les interroger sur leurs lectures du moment.

À cette annonce, la plupart des gens avaient un mouvement de recul (quand ils n'étaient pas gagnés par une visible panique). Sans se laisser démonter, les officiers du palais leur fournissaient alors une liste de suggestions. Et même si cela revenait à admettre que la reine avait une perception un peu disproportionnée de la popularité d'Andy McNab ou de l'affection quasi universelle dont jouissait Joanna Trollope, ce n'était pas bien grave : du moins l'embarras et la gêne avaient-ils été évités. Une fois qu'on leur avait fourni les réponses, les invités se retrouvaient en terrain connu et l'entrevue se terminait à l'heure prévue — excepté dans le cas d'ailleurs extrêmement rare où l'un de ses sujets confessait à la reine un attrait particulier pour Dickens ou Virginia Woolf, ce qui provoquait une discussion aussi animée qu'interminable. De nombreux visiteurs auraient souhaité avoir avec elle cet échange intellectuel et lui avouaient qu'ils étaient justement en train de lire Harry Potter. Mais, peu portée sur le fantastique, la reine réagissait toujours de la même manière : « Oui, disait-elle un peu sèchement, nous gardons cela en réserve pour un jour de pluie », avant de passer à l'invité suivant.

Comme il la voyait presque quotidiennement, sir Kevin était en mesure de taquiner un peu la reine sur ce qui était devenu chez elle une sorte d'obsession, tout en lui proposant d'autres approches.

— Je me demandais, Madame, si nous ne pourrions pas sectoriser vos lectures, d'une manière ou d'une autre.

Jadis, elle n'aurait pas relevé ce genre de propos. Mais l'un des effets de ses lectures avait été de réduire le degré de tolérance (déjà peu élevé) que la reine accordait à l'emploi d'un tel charabia.

— Sectoriser ? dit-elle. Qu'entendez-vous par là ?

— L'expression est un peu barbare, je vous le concède, mais il ne serait pas mauvais que nous puissions publier un communiqué de presse indiquant que Votre Majesté ne s'intéresse pas seulement à la littérature anglaise, mais aussi aux classiques ethniques.

— Quel genre de classiques ethniques avez-vous à l'esprit, sir Kevin ? Le *Kama Sutra* ?

Le secrétaire particulier poussa un soupir.

— Je suis en train de lire Vikram Seth, reprit la reine. Pourrait-il faire l'affaire ?

Sir Kevin n'avait jamais entendu parler de lui, mais songea que le nom sonnait bien.

— Salman Rushdie ?

— Il ne vaut mieux pas, Madame.

— Je ne vois pas, poursuivit la reine, pourquoi vous tenez tant à publier un communiqué de presse. Pourquoi le public s'intéresserait-il à mes lectures ? La reine lit. Les gens n'ont pas besoin d'en savoir plus. J'imagine leur réaction, dans leur grande majorité : « Et alors ? La belle affaire. »

— Lire, c'est se retirer, dit sir Kevin. Se rendre indisponible. La chose serait peut-être moins préoccupante si cette recherche relevait d'une démarche moins… égoïste.

— Égoïste ?

— Peut-être aurais-je dû parler de solipsisme.

— Peut-être auriez-vous dû, en effet.

Sir Kevin se jeta à l'eau.

— Si nous étions en mesure de raccrocher vos lectures à un projet plus vaste — l'instruction de la nation tout entière, par exemple, ou la promotion de la lecture au sein de la jeunesse…

— On lit pour son plaisir, dit la reine. Il ne s'agit pas d'un devoir public.

— Peut-être cela serait-il préférable, rétorqua sir Kevin.

— Quel toupet, commenta le duc lorsqu'elle lui rapporta la scène le soir même.

Puisqu'on vient de mentionner le duc, que devenait la famille royale dans cette affaire ? Comment réagissait-elle à l'engouement inattendu de la reine pour la lecture ?

Si Sa Majesté avait dû elle-même faire les courses, préparer les repas ou — plus inconcevable encore — passer l'aspirateur et la serpillière, la famille n'aurait guère tardé à percevoir une baisse de qualité sensible concernant ces diverses prestations domestiques. Mais cela ne relevait évidemment pas de ses compétences. Elle s'occupait avec un peu moins d'assiduité de ses charges, il est vrai, mais cela n'affectait en rien son mari ou ses enfants. Cela avait des répercussions (« un certain impact », comme disait sir Kevin) sur la sphère publique, où elle accomplissait ses devoirs avec une réticence qui commençait à devenir perceptible : elle posait les premières pierres des édifices avec moins d'enthousiasme qu'avant et, lors des rares occasions où elle devait encore lancer un navire à la mer, elle libérait la cale d'un geste machinal, comme s'il s'était agi d'un voilier minuscule sur le bord d'un bassin, tellement elle avait hâte de se replonger dans sa lecture.

Mais cela touchait essentiellement son personnel. La famille royale, pour sa part, était plutôt soulagée. Elle les avait toujours fait marcher au doigt et à l'œil et l'âge ne l'avait pas rendue plus indulgente — alors que la lecture avait sur elle un effet bénéfique. Elle laissait plus volontiers ses proches se débrouiller sans elle, elle n'était plus sans arrêt derrière eux et l'ambiance générale y avait considérablement gagné. Aussi applaudissaient-ils des deux mains cette passion pour les livres, sauf si cela les obligeait eux-mêmes à en lire — lorsque grand-maman tenait absolument à aborder la question avec ses petits-fils, par exemple, à les interroger sur leurs propres habitudes de lecture ou pire encore à leur fourrer des ouvrages entre les mains, en vérifiant un peu plus tard qu'ils les avaient bien lus.

Les choses étant ainsi, il leur arrivait fréquemment de tomber sur elle au détour d'un couloir, dans l'une ou l'autre de ses résidences, ses lunettes sur le nez, un carnet et un crayon à côté d'elle. Elle relevait les yeux, avant de leur adresser un regard bref et d'esquisser un signe de la main. « Je constate avec plaisir qu'il y a au moins quelqu'un d'heureux dans cette maison », disait le duc en s'éloignant d'un pas traînant. Et c'était la vérité : elle était heureuse. La lecture avait suscité en elle une passion telle qu'elle n'en avait jamais connue auparavant et elle dévorait les livres à une vitesse ahurissante — même si, en dehors de Norman, nul ne s'en apercevait vraiment.

Elle ne parlait d'ailleurs de ses lectures à personne, encore moins en public, sachant qu'une passion aussi tardive — si sincère soit-elle — risquait de l'exposer au ridicule. Il en serait allé de même, songeait-elle, si elle s'était brusquement enthousiasmée pour Dieu ou pour la culture des dahlias. À son âge, à quoi bon ? auraient pensé les gens. Pour elle, cependant, rien n'était plus sérieux et elle éprouvait à l'égard de la lecture le même sentiment que certains écrivains envers l'écriture : il lui était impossible de s'y dérober. À cette époque avancée de son existence, elle se sentait destinée à lire comme d'autres l'avaient été à écrire.

Au début, il est vrai, elle lisait avec émotion mais non sans un certain malaise. La perspective infinie des livres la déconcertait et elle ne savait pas comment la surmonter. Il n'y avait aucun système dans sa manière de lire, un ouvrage en amenait un autre et elle en lisait souvent deux ou trois en même temps. Elle avait franchi l'étape suivante en se mettant à prendre des notes : depuis, elle lisait toujours un crayon à la main, moins pour résumer l'ouvrage que pour recopier certains passages qui l'avaient particulièrement frappée. Ce fut seulement au bout d'un an de cette pratique qu'elle se risqua, non sans hésitation, à noter de temps à autre une réflexion de son cru. « Je perçois la littérature comme une immense contrée, inscrivit-elle un jour : je me suis mise en route vers ses confins les plus extrêmes, en sachant que je ne les atteindrai jamais. » Elle ajouta, sans transition : « Le protocole a ses mauvais côtés, mais l'embarras est bien pire. »

Il y avait aussi une part de tristesse dans ce phénomène : pour la première fois de sa vie, elle avait l'impression d'avoir manqué beaucoup de choses. Elle avait lu l'une des nombreuses biographies de Sylvia Plath et n'aurait jamais voulu connaître un sort identique. Mais en lisant les mémoires de Lauren Bacall, elle ne pouvait s'empêcher de penser que l'actrice avait beaucoup mieux profité de la vie qu'elle et s'aperçut, non sans une certaine surprise, qu'elle l'enviait un peu.

Le fait que la reine ait pu passer sans sourciller de l'autobiographie d'une star d'Hollywood aux derniers jours de la vie d'une poétesse qui avait fini par se suicider semblera peut-être incongru, si ce n'est inconséquent. Mais — au début en tout cas — tous les livres se valaient à ses yeux et elle se sentait le devoir de les aborder sans préjugés, comme elle le faisait pour ses sujets. Aucun ouvrage n'était pour elle instructif ou édifiant. Les livres dans leur ensemble formaient une contrée inconnue et elle ne faisait aucune différence entre eux. Avec le temps, néanmoins, elle se mit à opérer des distinctions. Mais en dehors de Norman, qui lui conseillait parfois tel ou tel ouvrage, personne ne la guidait dans le choix de ses lectures. Lauren Bacall, Winifred Holtby, Sylvia Plath — qui étaient-elles vraiment ? Elle ne pouvait le découvrir qu'en lisant.

Quelques semaines plus tard, elle leva les yeux de son livre et dit à Norman :

— Vous vous rappelez ce que je vous avais dit — que vous étiez mon tabellion particulier ? Eh bien, je viens de découvrir le terme qui me correspond : je suis une *opsimath*, comme on dit dans la langue de Shakespeare.

Norman consulta le dictionnaire, toujours à portée de sa main : « *Opsimath* : qui apprend sur le tard, à la fin de sa vie ».

C'était ce sentiment d'avoir à rattraper le temps perdu qui la poussait à lire sur un rythme aussi soutenu. Elle notait désormais en marge de ses lectures des commentaires fréquents (et plus assurés), appliquant à ce qui relevait peu ou prou de la critique littéraire la même droiture qu'aux autres secteurs de sa vie. Ce n'était pas une lectrice indulgente et elle aurait souvent aimé avoir les auteurs sous la main pour les morigéner.

« Serais-je la seule, nota-t-elle un jour, à souhaiter avoir une conversation sérieuse avec Henry James ? »

« Je comprends fort bien pourquoi le Dr Johnson bénéficie d'une telle estime, mais la plupart de ses propos sont aussi cauteleux qu'obtus. »

Un jour, à l'heure du thé, elle était en train de lire un ouvrage d'Henry James lorsqu'elle s'écria soudain :

— Allons donc ! Un peu de nerf, bon sang !

La domestique qui s'apprêtait à enlever le plateau du thé balbutia : « Excusez-moi, Madame » et s'éclipsa sur-le-champ.

— Mais non, Alice, dit la reine en se levant pour la rappeler. Je ne m'adressais pas à vous.

Autrefois, elle ne se serait pas souciée de savoir ce que pensait la domestique, ni si elle avait pu la blesser. Mais aujourd'hui, ce genre de détail lui importait : en revenant s'asseoir, elle se demanda pourquoi. Le fait que cette soudaine attention ait quelque chose à voir avec les livres — y compris ceux de cet insupportable Henry James — ne lui vint pas immédiatement à l'esprit.

Bien que cette conscience du retard qu'elle avait à rattraper ne l'abandonnât jamais, son autre grand regret concernait tous les auteurs célèbres qu'elle aurait pu connaître mais n'avait jamais rencontrés. Sur ce point, à tout le moins, elle pouvait changer d'attitude et décida, en partie sur l'insistance de Norman, qu'il serait sans doute intéressant — et probablement amusant — de réunir une partie des écrivains qu'ils avaient lus l'un et l'autre. Une réception, ou plus exactement une *soirée**, comme Norman tenait à l'appeler, fut donc organisée à cet effet.

Les officiers du palais s'attendaient bien sûr à ce qu'on applique le même protocole que lors des *garden parties* ou des grandes réceptions officielles et qu'on aille donc briefer à l'avance les invités avec lesquels Sa Majesté était susceptible de s'entretenir. La reine estima toutefois qu'en la circonstance, une telle procédure était un peu déplacée (on avait affaire à des artistes, après tout) et décida de faire les choses « à la bonne franquette » — ce qui se révéla une fort mauvaise idée.

Les écrivains lui avaient toujours paru timides et même un peu empruntés lorsqu'elle les avait reçus individuellement. Mais une fois réunis, ils s'avéraient d'un naturel bruyant, volubile et cancanier ; et s'ils riaient beaucoup, ils n'étaient pas particulièrement drôles, du moins à son goût. Elle en était réduite à déambuler d'un cercle à l'autre et personne ne faisait de grands efforts pour l'accueillir, de sorte qu'elle avait l'impression d'errer comme une âme en peine à sa propre réception. Et lorsqu'elle prenait la parole, cela jetait généralement un froid et plongeait les invités dans un silence embarrassant ; à moins que les auteurs — soucieux sans doute de démontrer leur indépendance et leur liberté d'esprit — ne tiennent aucun compte de son intervention et ne poursuivent leur conversation comme si de rien n'était.

Elle s'était pourtant fait une joie à l'idée de se retrouver au milieu de ces écrivains qu'elle avait fini par considérer comme des amis et qu'elle brûlait de connaître. Mais à présent, alors qu'elle aurait tant voulu partager ses sentiments avec ceux dont elle avait lu et admiré les livres, elle s'apercevait qu'elle n'avait rien à leur dire. Elle qui avait rarement été intimidée par qui que ce soit, au fil de son existence, se retrouvait brusquement empruntée et mal à l'aise. Il aurait suffi qu'elle dise : « J'ai adoré votre livre » et la glace aurait été rompue, mais cinquante années d'aplomb et de maîtrise de soi — sans parler du corset de l'euphémisme — ne sont pas sans laisser quelques traces. Incapable d'engager sérieusement la conversation, elle devait se rabattre sur son lot de formules toutes faites, équivalents littéraires du « Vous avez fait un long chemin pour venir jusqu'ici ? ». Elle savait pertinemment que les questions qu'elle posait — « Comment créez-vous vos personnages ? Respectez-vous un horaire régulier ? Travaillez-vous avec un ordinateur ? » — étaient d'une banalité consternante et jamais elle ne les aurait infligées à ses interlocuteurs si cet épouvantable silence n'avait été cent fois pire.

Un écrivain écossais l'avait particulièrement déroutée. Comme elle lui demandait d'où lui venait son inspiration, il avait répondu d'un ton acerbe :

— Elle ne vient pas, Votre Majesté. Je dois aller la chercher et la ramener de force à la maison.

Lorsqu'elle parvenait tout de même à exprimer son admiration, en balbutiant presque et en espérant que l'auteur allait lui expliquer comment il en était venu à écrire tel ou tel livre (les hommes étaient pires que les femmes à cet égard), son enthousiasme se voyait aussitôt refroidi : l'auteur refusait obstinément d'évoquer son dernier best-seller et ne s'intéressait qu'à celui qu'il était en train d'écrire et qui avançait trop lentement à son gré — preuve qu'il était bien la créature la plus misérable du monde, concluait-il en vidant sa coupe de champagne.

Elle en tira la conclusion qu'il valait mieux rencontrer les auteurs dans les pages de leurs livres, puisqu'ils vivaient sans doute autant dans l'imagination de leurs lecteurs que leurs personnages. La plupart n'avaient d'ailleurs pas l'air de trouver qu'on leur faisait une faveur particulière en lisant leurs ouvrages, estimant au contraire que c'étaient eux qui en faisaient une au public, en les écrivant.

Elle s'était dit au début qu'elle pourrait organiser des réceptions de ce genre de manière régulière, mais le déroulement de cette *soirée** l'en dissuada. Une fois suffisait. Cela ne manqua pas de soulager sir Kevin, qui n'avait pas manifesté un enthousiasme excessif à ce propos : si Sa Majesté consacre une soirée aux écrivains, avait-il souligné, elle va devoir en organiser une autre pour les peintres et les scientifiques ne manqueront pas de réclamer la leur, eux aussi.

— Madame ne doit pas faire preuve de partialité.

Ma foi, il n'y avait guère de danger.

Non sans quelque raison, sir Kevin tenait Norman pour responsable de cette réception littéraire sans éclat, car celui-ci avait fortement encouragé la reine lorsqu'elle en avait émis l'hypothèse. Du reste, Norman n'en avait pas beaucoup profité lui non plus. La littérature étant ce qu'elle est, la proportion de gays parmi les invités était relativement élevée, certains ayant été sollicités à la demande spécifique de Norman. Or, cela ne lui avait pas été d'un grand profit. Comme les autres pages de la reine, il se contentait d'offrir les boissons et les amuse-gueules qui les accompagnaient. Mais contrairement au reste du personnel, il connaissait la réputation et la valeur de ceux devant lesquels il faisait une petite courbette, son plateau à la main. Il avait même lu leurs livres. Néanmoins, ce n'était pas autour de Norman que ceux-ci s'attroupaient : ils préféraient les pages au visage d'éphèbe et les officiers au regard dédaigneux, aussi incapables les uns que les autres de reconnaître une célébrité littéraire quand elle leur passait sous le nez, songeait-il avec amertume.

Toutefois, si cette tentative d'ouverture vers le monde des vivants n'avait rien d'encourageant, elle ne détourna pas Sa Majesté de la lecture, comme sir Kevin l'avait secrètement espéré. La reine renonça pour l'essentiel à rencontrer et même à lire ses contemporains, après cette expérience malheureuse, mais ce fut pour consacrer désormais son temps aux classiques — Dickens, Thackeray, George Eliot et les Brontë.

Tous les mardis soir, la reine recevait son Premier ministre, qui faisait le point avec elle sur les sujets dont il estimait qu'elle devait être tenue informée. La presse adorait brosser un portrait idyllique de ces entrevues, au cours desquelles une souveraine aussi avisée qu'expérimentée guidait son Premier ministre le long de redoutables précipices et s'appuyait sur un trésor de sagesse accumulé en cinquante ans de règne pour l'aider à accomplir au mieux sa mission. Cette image relevait d'un mythe d'ailleurs entretenu par le palais. La vérité, c'est que plus le Premier ministre s'attardait dans le bureau de la reine et moins il l'écoutait : c'était lui au contraire qui parlait, la souveraine se contentant le plus souvent d'acquiescer, ce qui ne voulait pas toujours dire qu'elle l'approuvait.

Au début de son mandat, chaque nouveau Premier ministre rêvait d'obtenir le soutien de la reine. Lorsqu'il la rencontrait, c'était avec l'espoir qu'elle lui tapoterait l'épaule et lui prodiguerait ses encouragements, comme une mère récompensant les efforts de son enfant. Et comme souvent en pareil cas, ce qu'on attendait d'elle relevait du spectacle : elle devait manifester publiquement sa sollicitude et son intérêt. Les hommes (et cela incluait Mme Thatcher) avaient apparemment besoin de ce genre de démonstration. À ce stade, toutefois, ils l'écoutaient encore et lui demandaient même parfois son avis. Mais à mesure que le temps passait, tous ses Premiers ministres — phénomène troublant — suivaient une pente identique et se mettaient à monologuer : non seulement ils ne cherchaient plus les encouragements de la reine, mais ils la traitaient comme un vulgaire public. L'écouter n'était plus à l'ordre du jour.

L'entrevue ce mardi-là avait suivi son cours normal et ce fut seulement avant d'y mettre un terme que la reine se risqua à aborder un sujet qui lui tenait à cœur.

— Au sujet de mes vœux télévisés…

— Oui, Madame, dit le Premier ministre.

— J'ai pensé que nous pourrions procéder un peu différemment cette année.

— Différemment, Madame ?

— Oui. La caméra pourrait me montrer au début assise sur un canapé, en train de lire un livre. Ou me cadrer de manière moins formelle, plongée dans ma lecture, puis faire un travelling — est-ce le terme approprié ? — jusqu'à ce que je sois en gros plan. Je lèverais alors les yeux en disant : « Je viens de terminer cet ouvrage… » et j'enchaînerais à partir de ça.

— À quel livre pensez-vous ? s'enquit le Premier ministre, que cette perspective ne semblait guère enchanter.

— Je n'ai pas encore réfléchi à la question.

— Un ouvrage concernant l'état du monde ? suggéra-t-il en reprenant quelques couleurs.

— Peut-être, bien que le public soit informé par les journaux. Non, je songeais en fait à un poème.

— Un poème, Madame ? dit le Premier ministre en se forçant à sourire.

— J'ai lu avant-hier un poème de Thomas Hardy absolument remarquable, décrivant le choc entre le *Titanic* et l'iceberg qui devait provoquer son naufrage. Il s'intitule « La double convergence ». Vous le connaissez ?

— Non, Madame. Mais pensez-vous que cela soit utile ?

— Utile à qui ?

— Eh bien… au peuple.

Le Premier ministre paraissait curieusement embarrassé de devoir prononcer ce mot.

— Oh, bien sûr, dit la reine. Cela lui montrera, n'est-ce pas, que nous sommes tous soumis aux règles du destin.

Elle sourit avec bienveillance au Premier ministre. Celui-ci contemplait ses mains.

— Je ne suis pas sûr que le gouvernement soit prêt à sanctionner un tel message, dit-il enfin.

Le public ne devait pas être encouragé à penser que le monde était ingouvernable. Cela ne pouvait conduire qu'au chaos. Ou à la défaite électorale, ce qui revenait au même.

— Je me suis laissé dire — ce fut à son tour de sourire avec bienveillance — qu'il y avait un excellent reportage sur la visite de Votre Majesté en Afrique du Sud.

La reine poussa un soupir et appuya sur la sonnette.

— Nous allons y réfléchir, dit-elle.

Le Premier ministre savait que l'audience était terminée. Dans le couloir, Norman avait ouvert la porte et attendait les instructions royales. « Voilà donc le fameux Norman », songea-t-il.

— Oh, Norman, dit la reine, le Premier ministre n'a pas l'air d'avoir lu Hardy. Peut-être pourriez-vous lui confier l'une de nos vieilles éditions de poche, avant qu'il ne reparte ?

Non sans quelque surprise, la reine finit par arriver à ses fins. Elle n'était certes pas assise sur un canapé, mais à sa table de travail habituelle, et ne lut pas le poème de Hardy, jugé insuffisamment « tourné vers l'avenir ». Mais elle entama son allocution avec le premier paragraphe d'*Un conte de deux villes* de Dickens (« C'était la plus belle et la pire des époques… ») et s'en tira d'ailleurs plutôt bien. En décidant de lire à partir du livre lui-même, plutôt que sur le prompteur, elle rappela aux membres les plus âgés de son audience (et c'était la majorité) les instituteurs qui leur faisaient jadis la lecture à l'école et dont certains se souvenaient encore.

Encouragée par l'accueil qu'avait reçu son émission de Noël, la reine persista dans sa volonté de lire en public. Tard un soir, en reposant un ouvrage sur la succession de son ancêtre Elizabeth, elle eut l'idée d'appeler l'archevêque de Canterbury.

Il y eut une pause à l'autre bout du fil, pendant que l'ecclésiastique baissait le son de la télé.

— Pourquoi n'ai-je jamais lu la leçon ?

— Je vous demande pardon, Votre Majesté ?

— À l'église. N'importe qui a le droit de lire la

leçon, pendant les offices, mais je n'en ai jamais eu l'opportunité. Rien ne l'interdit, n'est-ce pas ? Ce n'est pas incompatible avec ma fonction ?

— Pas à ma connaissance, Madame.

— Très bien. Dans ce cas, je vais m'y préparer. En commençant par le Lévitique. Bonne nuit.

L'archevêque hocha la tête et retourna à son programme de variétés.

Par la suite, particulièrement lorsqu'elle était à Norfolk, voire en Écosse, Sa Majesté ne manqua pas une occasion de participer de la sorte aux offices. Elle ne s'en tenait d'ailleurs pas à ses lectures religieuses. Au cours d'une visite dans une école primaire de Norfolk, elle s'assit sur une chaise de la salle de classe et se mit à lire une histoire de Babar aux enfants. Prenant un jour la parole lors d'un banquet municipal, elle récita aux invités un poème de Betjeman, ce qui n'était absolument pas prévu au programme et enchanta l'assistance, à l'exception de sir Kevin, qu'elle n'avait pas jugé utile de prévenir de cette initiative.

Une improvisation de même nature vint un jour clôturer la cérémonie traditionnelle marquée par la plantation d'un arbre. Après avoir vaguement installé un jeune chêne dans la terre amendée d'une hideuse ferme urbaine, au-dessus du Medway, la reine s'appuya sur l'épée rituelle et récita par cœur le poème de Philip Larkin, « Les arbres », jusqu'au dernier quatrain :

Et pourtant les châteaux inapaisés se battent
Dans leur plénitude adulte en mai.

L'année a pris fin, semblent-ils nous dire,
Il faut désormais renaître, renaître, renaître.

Et tandis que cette voix claire, identifiable entre toutes, évoquait les malheureux brins d'herbe cinglés par le vent, on avait l'impression qu'elle ne s'adressait pas seulement à l'assemblée municipale, mais aussi à elle-même. C'était sa propre vie qu'elle invoquait, et le nouveau cours qu'elle venait de prendre.

Pourtant, même si sa lecture l'absorbait, la reine n'avait pas prévu que cette passion allait peu à peu lui ôter le goût de ses autres activités. Il est vrai que la perspective de devoir inaugurer une nouvelle piscine n'avait jamais soulevé en elle un enthousiasme débordant, mais elle n'éprouvait pour autant aucune répugnance à le faire. Si fastidieuses qu'aient été ses obligations — accorder telle faveur, visiter tel endroit —, l'ennui n'y avait jamais eu la moindre part. Il s'agissait de ses devoirs et lorsqu'elle ouvrait le registre de ses rendez-vous, chaque matin, c'était toujours avec une pointe d'attente ou d'intérêt.

Tel n'était plus le cas. Elle envisageait à présent avec un certain effroi l'incessante succession des tournées, des voyages officiels et des engagements qui l'attendaient, au cours des années à venir. Cela lui laissait à peine un jour de libre de temps à autre, et jamais deux d'affilée. Tout cela lui pesait désormais considérablement.

— Madame est surmenée, disait sa camériste en l'entendant grommeler, assise à son bureau. Il faudrait que Madame lève le pied, au moins de temps en temps.

Mais le problème n'était pas là. Le problème, c'était la lecture. Malgré l'amour qu'elle lui vouait, il y avait des moments où elle regrettait d'avoir un jour ouvert un livre et pénétré par cette porte dans l'existence des autres. Cela avait du même coup gâché la sienne — en tout cas sur ce plan.

Entre-temps, les grands de ce monde allaient et venaient — dont le président français, qui s'était révélé d'un piètre secours au sujet de Jean Genet. La reine avait mentionné la chose au ministre des Affaires étrangères lors de la séance de débriefing qui était de règle après ce genre de visite, mais lui-même n'avait jamais entendu parler de l'ancien repris de justice devenu dramaturge. Esquivant les commentaires que le président avait faits sur la question des accords monétaires franco-anglais, la reine reconnut néanmoins qu'en dépit de sa méconnaissance de Genet (qu'il avait écarté d'un geste, en le traitant de « pilier de bistro »), le président avait été intarissable à propos de Proust, qui n'était jusqu'alors qu'un simple nom pour elle. Le ministre des Affaires étrangères était loin de pouvoir rivaliser avec lui sur le sujet, aussi fut-elle en mesure de lui fournir quelques informations.

— Le pauvre homme souffrait le martyre, en raison de son asthme, et faisait partie de ces gens qui auraient parfois besoin de se secouer un peu. Mais la littérature n'est pas avare en individus de ce genre. Le plus curieux, en ce qui le concerne, c'est que lorsqu'il trempait un gâteau dans sa tasse de thé (pratique par ailleurs répugnante), toute sa vie passée remontait à sa mémoire. Je dois avouer que j'ai testé sa méthode, sans l'ombre d'un résultat. Dans mon enfance, les gâteaux qui faisaient fureur s'achetaient chez Fuller : peut-être cela aurait-il mieux marché si j'avais pu y avoir recours, mais la pâtisserie a depuis longtemps fermé ses portes, emportant ses souvenirs avec elle. En avons-nous terminé ? ajouta-t-elle en saisissant son livre.

Contrairement à celle du ministre, l'ignorance de la reine au sujet de Proust n'allait pas tarder à être comblée. Norman avait immédiatement fait des recherches sur Internet et découvert que son roman n'occupait pas moins de treize volumes : il s'était dit que ce serait une lecture idéale pour les vacances d'été de Sa Majesté à Balmoral. Ils emportèrent également la biographie de Proust par George Painter. En contemplant les volumes alignés sur son bureau, la reine se disait qu'ils étaient presque aussi appétissants que les gâteaux de chez Fuller, avec leurs jaquettes rose et bleu.

Ce fut un été infect, aussi froid et pluvieux qu'improductif. Les chasseurs rentraient le soir en renâclant, la gibecière vide. Mais pour la reine (comme pour Norman) ce furent des semaines idylliques. Il aurait été difficile de trouver un plus grand contraste entre l'univers propre à ce livre et le contexte dans lequel ils le lisaient, captivés par les souffrances de

Swann, la médiocrité de madame Verdurin et les excentricités du baron de Charlus — tandis que dans les collines environnantes les chasseurs sonnaient la retraite, trempés de la tête aux pieds, traînant parfois sous leurs fenêtres le cadavre ruisselant d'un cerf.

L'étiquette exigeait que le Premier ministre et son épouse viennent passer quelques jours dans la résidence royale. Bien qu'il ne chassât pas, le locataire de Downing Street comptait au moins accompagner la reine au cours de promenades vivifiantes à travers la lande, dans l'espoir (ainsi qu'il l'avait formulé lui-même) « de faire plus ample connaissance ». Mais son érudition dans le domaine proustien étant encore plus limitée qu'au sujet de Thomas Hardy, sa déception fut cuisante : ces hypothétiques tête-à-tête n'étaient décidément pas à l'ordre du jour.

Sitôt le petit déjeuner terminé, Sa Majesté se retirait dans son bureau en compagnie de Norman et les hommes montaient dans leurs Land Rover, prêts à un nouveau fiasco, abandonnant le Premier ministre et son épouse à leur triste sort. À une ou deux reprises, ceux-ci accompagnèrent bien les chasseurs, pataugeant dans la lande et les marais des environs, et partagèrent même avec eux un pique-nique aussi humide qu'ennuyeux. Mais l'après-midi, après avoir acheté un tapis en tweed et une grande boîte de sablés, épuisant du même coup le potentiel touristique de la région, ils furent contraints de se retirer dans un coin du salon et d'entamer une lugubre partie de Monopoly.

Au bout de quatre jours, la coupe était pleine. Sous

un prétexte quelconque (« de graves problèmes au Moyen-Orient »), le Premier ministre et son épouse annoncèrent qu'ils partiraient de bonne heure, le lendemain matin. Pour leur dernière soirée, un jeu de charade fut organisé à la hâte. Le choix de proverbes ou de propos célèbres retenus pour l'occasion était apparemment l'une des prérogatives les moins établies du monarque : mais s'ils jouissaient à ses yeux d'une certaine notoriété, ces divers dictons étaient parfaitement inconnus du reste de l'assemblée, y compris du Premier ministre.

Ce dernier détestait perdre, y compris contre son souverain, et ne fut nullement rasséréné lorsque l'un des princes présents lui expliqua que seule la reine était en mesure de gagner, étant donné que les questions avaient été rédigées par Norman, à partir de leurs lectures communes (plusieurs d'entre elles faisaient référence à Proust).

Sa Majesté aurait exhumé une pléthore de prérogatives tombées dans l'oubli que le Premier ministre n'aurait pas été plus furieux. Sitôt rentré à Londres, il ne perdit pas un instant et demanda à son conseiller particulier d'aller trouver sir Kevin. Ce dernier se montra compatissant, tout en soulignant que pour l'instant Norman était un fardeau qu'ils se voyaient tous contraints de supporter. Le conseiller du Premier ministre ne se laissa pas démonter.

— Ce Norman n'est-il pas une tantouze ?

Sir Kevin n'en avait pas la certitude absolue, mais estimait l'hypothèse vraisemblable.

— Est-elle au courant ?

— Sa Majesté ? Probablement.

— Et la presse ?

— Il me semble, répondit sir Kevin en serrant les mâchoires, qu'il vaudrait mieux éviter que la presse mette son nez dans cette affaire.

— Absolument. Je puis donc compter sur vous pour régler la question ?

Il se trouve que la reine devait effectuer peu après une visite d'état au Canada, un plaisir que Norman n'avait pas souhaité partager, préférant passer quelques jours de vacances dans sa famille, à Stockton-on-Tees. Il s'était néanmoins chargé à l'avance de tous les préparatifs, emballant avec soin une caisse de livres grâce auxquels la reine allait pouvoir occuper intelligemment son temps, lors de ses déplacements à travers le continent. D'après ce que Norman avait entendu dire, les Canadiens n'étaient pas très portés sur les livres et l'emploi du temps de Sa Majesté était si serré qu'il ne lui serait probablement guère loisible d'entrer dans une librairie. Elle attendait ce voyage avec impatience : l'essentiel des trajets devaient s'effectuer en train et elle se voyait déjà, prisonnière volontaire, traversant le pays d'est en ouest tout en dévorant le *Journal* de Samuel Pepys, qu'elle venait de découvrir.

Mais hélas, ce voyage fut un véritable désastre, du moins au début. La reine était maussade, irritable et renfrognée, défauts que les officiers de sa suite auraient volontiers mis sur le compte de ses lectures — sauf qu'en la circonstance elle n'avait justement rien à lire, la caisse préparée par Norman s'étant mystérieusement égarée en cours de route. Partie de Heathrow en même temps que le cortège royal, elle ne refit surface qu'au bout de plusieurs mois, à Calgary : les livres qu'elle contenait firent d'ailleurs l'objet d'une exposition qui connut un succès inattendu, à la bibliothèque municipale. Mais pour l'instant, Sa Majesté n'avait rien à se mettre sous la dent. Au lieu de se concentrer sur le travail qui l'attendait, comme l'avait espéré sir Kevin en aiguillant lui-même la caisse de livres dans la mauvaise direction, le fait de se retrouver désœuvrée ne faisait qu'augmenter son dépit et sa mauvaise humeur.

À l'extrême nord du pays, les rares ours polaires qu'on avait pu rassembler attendaient le passage de Sa Majesté : ne la voyant pas apparaître, ils finirent par regagner un coin de banquise apparemment plus prometteur. Des troncs d'arbres et des blocs de glace dérivaient sur les eaux gelées, dans l'indifférence de la voyageuse royale qui restait obstinément cloîtrée dans sa cabine.

— Vous n'avez pas envie d'admirer l'embouchure du Saint-Laurent ? lui demanda son mari.

— Elle était déjà là il y a cinquante ans, je ne pense pas qu'elle ait beaucoup changé.

Les montagnes Rocheuses n'eurent droit elles aussi qu'à un coup d'œil dédaigneux. Quant aux chutes du Niagara, elle refusa de s'en approcher (« je les ai déjà vues trois fois ») et le duc fut contraint de s'y rendre seul.

Il advint toutefois qu'au cours d'une réception organisée en l'honneur des célébrités culturelles canadiennes, la reine lia conversation avec Alice Munro. Apprenant que celle-ci était romancière, elle lui demanda de lui faire parvenir l'un de ses livres, qui lui plut beaucoup. Mieux encore, il s'avéra que Mrs Munro en avait écrit beaucoup d'autres, qu'elle s'empressa d'adresser à Sa Majesté.

— Y a-t-il un plus grand plaisir que de découvrir un bon auteur ? demanda la reine à son voisin, le ministre canadien du Commerce extérieur. *A fortiori* lorsqu'il a écrit une bonne douzaine d'ouvrages ?

D'autant (mais elle s'abstint de le préciser) qu'ils existaient tous en édition de poche et se glissaient facilement dans un sac à main. Une carte postale fut immédiatement expédiée à Norman, pour lui demander de se procurer à la bibliothèque les deux ou trois titres actuellement épuisés. Ah, quel régal en perspective !

Sauf que Norman n'était plus là.

La veille de son départ pour le cadre enchanteur de Stockton-on-Tees, Norman fut convoqué dans le bureau de sir Kevin. Le conseiller particulier du Premier ministre avait décrété que Norman devait être viré. Sir Kevin n'aimait pas beaucoup le rouquin, mais détestait encore plus le conseiller particulier, ce qui sauva la peau du jeune homme. De surcroît, sir Kevin trouvait vulgaire de licencier les gens. Dans ce cas précis, il devait exister une solution plus élégante.

— Sa Majesté se montre toujours soucieuse

d'améliorer le sort de ses employés, déclara le secrétaire particulier d'un air bon enfant. Et bien qu'elle soit extrêmement satisfaite de la manière dont vous vous acquittez de votre tâche, elle se demande si vous avez jamais songé à fréquenter l'université?

— L'université? dit Norman, que cette pensée n'avait pas effleuré un instant.

— Plus précisément, l'université d'East Anglia. Ils ont un très bon département de littérature et des ateliers d'écriture animés par d'excellents professeurs. Il me suffit de mentionner leurs noms, ajouta sir Kevin en consultant ses notes : Ian McEwan, Rose Tremain, Kazuo Ishiguro…

— Oui, dit Norman, nous avons lu leurs livres.

Non sans avoir tiqué à l'énoncé de ce « nous », le secrétaire particulier déclara que East Anglia conviendrait parfaitement à Norman.

— Je ne vois pas comment, dit Norman. C'est au-dessus de mes moyens.

— Ce détail ne pose aucun problème. Sa Majesté, voyez-vous, est soucieuse de ne pas entraver vos projets.

— Je crois que je préfère rester ici, dit Norman. Cela vaut largement toutes les études que je pourrais faire.

— Je crains que cela ne soit impossible, rétorqua le secrétaire particulier. Sa Majesté envisage d'engager quelqu'un d'autre. Bien sûr, ajouta-t-il avec un large sourire, il vous est toujours possible de reprendre votre poste aux cuisines.

C'est ainsi qu'à son retour du Canada la reine ne

retrouva pas Norman à son poste habituel, perché sur sa chaise. Cette dernière avait d'ailleurs disparu, elle aussi, tout comme la pile de livres qui attendait chaque soir Sa Majesté sur sa table de chevet. Dans l'immédiat, elle n'avait donc plus d'interlocuteur pour discuter des mérites d'Alice Munro.

— Il n'était pas très apprécié, Madame, commenta sir Kevin.

— Je l'appréciais, quant à moi, dit la reine. Où est-il allé ?

— Aucune idée, Madame.

Norman, qui était un garçon sensible, écrivit à la reine une longue missive à propos des cours qu'il allait suivre et des lectures qu'il devait faire, mais ne reçut en guise de réponse qu'un message commençant par le traditionnel « Nous vous remercions pour votre lettre, dont le contenu a beaucoup intéressé Sa Majesté… ». Il comprit alors qu'il avait été définitivement écarté, sans savoir si c'était à l'initiative de la reine ou de son secrétaire particulier.

Si Norman ignorait qui avait manœuvré pour le chasser du palais, la reine ne nourrissait quant à elle aucun doute à ce sujet. Le jeune homme avait suivi le même chemin que le bibliobus ou la caisse de livres qui devait resurgir à Calgary. Il pouvait encore s'estimer heureux de ne pas avoir été dynamité, comme le livre qu'elle avait glissé sous un coussin dans le carrosse royal. Norman lui manquait, cela ne faisait aucun doute. Mais comme elle ne recevait aucune lettre, aucun signe de sa part, il ne lui restait qu'à serrer les dents et poursuivre son chemin. Cela ne l'empêcherait pas de continuer à lire.

Le fait que la reine n'ait pas été davantage troublée par le brusque départ de Norman risque de paraître un peu surprenant et de ne pas témoigner en sa faveur. Mais les absences et les départs inopinés étaient depuis toujours son lot quotidien. On lui parlait rarement, par exemple, de la maladie des gens qu'elle connaissait. Son statut de reine impliquait qu'on lui épargne une trop grande douleur, voire une simple compassion. Telle était du moins l'opinion de ses courtisans. Lorsque la mort frappait l'un de ses serviteurs — ou parfois même un ami, comme cela arrivait hélas de temps en temps — il était fréquent que la reine n'ait pas été informée qu'un événement aussi dramatique se profilait à l'horizon. « Nous ne voulions pas inquiéter Votre Majesté » : tel était le principe qu'appliquaient l'ensemble de ses serviteurs.

Norman n'était pas mort, évidemment, il s'était juste inscrit à l'université d'East Anglia. Mais aux yeux des officiers du palais, cela revenait au même : étant donné qu'il était sorti de la vie de Sa Majesté, il avait cessé d'exister et son nom n'était plus jamais prononcé, par la reine ou par quelqu'un d'autre. Mais celle-ci ne pouvait être accusée d'un tel état de fait, les officiers s'accordaient à le reconnaître. D'ailleurs, la reine ne pouvait être accusée de rien. Des personnes mouraient, d'autres partaient, d'autres encore (en quantité croissante) démissionnaient : il s'agissait toujours d'un départ. Les gens la quittaient, mais elle devait poursuivre sa route.

Il y avait un autre point, qui était moins à son avantage. Avant le mystérieux départ de Norman, la reine s'était demandé si elle ne l'avait pas dépassé… du moins en ce qui concernait la lecture. Au tout début, il avait été pour elle un guide à la fois humble et loyal dans le monde des livres. Il l'avait utilement conseillée et n'avait pas hésité, le cas échéant, à lui dire qu'elle n'était pas encore prête à lire tel ou tel ouvrage. Il lui avait longtemps déconseillé Beckett ou Nabokov, par exemple, et ne l'avait initiée à Philip Roth que par paliers successifs (en gardant *Portnoy et son complexe* pour la fin).

De plus en plus, néanmoins, elle lisait ce dont elle avait envie et Norman faisait de même. Ils échangeaient leurs impressions, mais elle sentait avec une acuité croissante que la vie et l'expérience étaient en train de lui redonner l'avantage. Elle s'était également aperçue que les préférences de Norman pouvaient s'avérer suspectes. À qualités littéraires égales, il avait tendance à préférer les auteurs gays — d'où sa découverte de Genet. Certains lui plaisaient, d'ailleurs — comme Mary Renault, dont les romans la fascinaient —, mais elle était beaucoup plus réservée à l'égard d'autres romanciers, en raison de leur déviance trop marquée : Denton Welch, par exemple (l'un des préférés de Norman), qu'elle trouvait un peu malsain ; ou Christopher Isherwood, dont les méditations avaient tendance à l'ennuyer. En tant que lectrice, elle était vive et directe. Et elle refusait de se *complaire* dans quelque univers que ce soit.

Ne pouvant plus discuter avec Norman, la reine s'aperçut qu'elle s'entretenait désormais davantage avec elle-même et notait de plus en plus souvent ses réflexions, de sorte que le nombre de ses carnets ne tarda pas à se multiplier, comme celui des sujets qu'elle y abordait. « L'une des recettes du bonheur consiste à se moquer des prérogatives. » Après avoir inscrit cette phrase, elle adjoignit un astérisque et ajouta au bas de la page : « Précepte que ma position ne m'a guère permis d'exercer. »

« Je décorais un jour quelqu'un, je crois qu'il s'agissait d'Anthony Powell, et nous parlions des gens qui ne savent pas se tenir en société. Il avait lui-même une attitude irréprochable, pour ne pas dire conventionnelle, et me fit remarquer que le fait d'écrire des livres ne dispensait personne de se comporter comme un être humain — contrairement au fait d'être reine (c'est moi qui ajoute ce commentaire). Je dois constamment afficher mon humanité, mais j'ai rarement l'occasion de l'exercer pour de bon. Il y a autour de moi des gens pour le faire à ma place. »

Outre ce genre de pensées, elle se mit à décrire les individus qu'elle rencontrait, sans se limiter aux plus célèbres : les bizarreries de leur comportement, leur manière de s'exprimer, ainsi que les histoires qu'on lui rapportait, souvent sous le sceau du secret. Lorsqu'un scandale éclatait et s'étalait dans les journaux au sujet de la famille royale, la vérité des faits se trouvait souvent consignée dans ses carnets. Et lorsqu'un autre échappait à l'attention du public, il y était aussi scrupuleusement rapporté. Tout cela sur ce ton à la fois sensible et terre à terre qu'elle commençait à reconnaître — et même à savourer — comme étant son propre style.

Une fois Norman parti, le rythme de ses lectures ne diminua pas, mais suivit un cours différent. Même si elle continuait de commander des livres dans des librairies et à la bibliothèque de Londres, les choses ne se passaient plus comme du temps où ils avaient ce secret en commun. Elle devait maintenant en parler à sa dame d'honneur, qui en référait à l'administration du palais avant de pouvoir retirer la somme nécessaire, si insignifiante soit-elle. C'était un processus fastidieux, qu'elle contournait à l'occasion en demandant à l'un de ses petits-enfants les plus éloignés d'aller lui acheter les ouvrages dont elle avait besoin. Ils étaient heureux de lui rendre ce service et d'être pris en considération, le grand public ayant à peine conscience de leur existence. Mais la reine avait de plus en plus souvent recours à ses propres bibliothèques, celle de Windsor notamment où — bien que pauvres en littérature moderne — les étagères abondaient en ouvrages classiques, souvent dédicacés par leurs auteurs : Balzac, Tourgueniev, Fielding, Conrad… Jadis elle aurait trouvé ces textes trop ardus pour elle, mais elle s'y attaquait vaillamment à présent, le crayon à la main, et finit même par se réconcilier en cours de route avec Henry James, dont les divagations ne lui posaient plus guère de problêmes. « Après tout (comme elle le nota dans un carnet), les romans ne sont pas nécessairement conçus pour suivre le plus court chemin, d'un point à un autre. » En la voyant assise près de la fenêtre pour profiter des dernières lueurs du jour, le bibliothécaire se disait que ces antiques étagères n'avaient pas connu de lectrice plus assidue depuis l'époque de George III.

Le bibliothécaire de Windsor était l'une des nombreuses personnes à avoir vanté à Sa Majesté les charmes de Jane Austen, mais le fait que tout le monde lui dise qu'elle allait adorer ses livres l'en avait plutôt détournée. De surcroît, elle rencontrait en la lisant un obstacle qui ne tenait qu'à elle : l'essence de son œuvre reposait sur de subtiles distinctions sociales, dont la position à tous égards unique de la reine ne lui permettait guère de saisir les nuances. Il y avait un tel abîme entre le monarque et n'importe lequel de ses sujets — fût-il le plus haut placé — que les différences concernant les échelons inférieurs s'en trouvaient quelque peu effacées. Ce pourquoi les distinctions sociales sur lesquelles Jane Austen insistait tant paraissaient encore plus insignifiantes à la reine qu'à un lecteur ordinaire et ne facilitaient pas sa lecture. Pour commencer, ses romans relevaient pratiquement de l'entomologie : et si les personnages n'étaient pas de simples fourmis, aux yeux d'une lectrice royale ils requéraient tout de même l'aide d'un microscope. Ce fut seulement lorsqu'elle eut progressé dans sa compréhension tant de la littérature que de la nature humaine, qu'ils acquirent enfin leur charme et leur relief.

Le féminisme fut vite expédié lui aussi, du moins au début, et pour la même raison : tout comme les différences de classes, la séparation des genres était insignifiante, comparée à l'abîme qui distinguait la reine du reste de l'humanité.

Qu'il s'agisse de Jane Austen, du féminisme, voire de Dostoïevski, la reine finissait toujours par contourner la difficulté, mais ce n'était jamais sans quelque regret. Des années plus tôt, elle s'était trouvée assise à côté de lord David Cecil lors d'un dîner à Oxford et n'avait rien trouvé à lui dire. Elle avait découvert récemment qu'il avait consacré plusieurs livres à Jane Austen et l'aurait volontiers rencontré aujourd'hui. Mais lord David était mort et elle arrivait trop tard. Tout arrivait trop tard. Elle n'en poursuivait pas moins sa route, plus déterminée que jamais et bien décidée à rattraper le temps perdu.

La vie de la famille royale poursuivait parallèlement son cours bien rodé, comme cela avait toujours été le cas : les déplacements de Londres à Windsor, de Norfolk à l'Écosse, se déroulaient sans heurts ni efforts apparents, en tout cas de sa part, au point que la reine avait parfois l'impression de ne pas tenir un grand rôle dans cette organisation — tous ces transferts suivant leur logique propre, indépendamment de la personne qui en était l'objet. De départs en arrivées, tout cela obéissait à un rituel dans lequel elle n'était au fond qu'un bagage parmi beaucoup d'autres, même si elle en était la pièce maîtresse.

D'une certaine façon, ces pérégrinations étaient même moins agitées que par le passé, étant donné que celle qui en était le centre avait le plus souvent le nez plongé dans un livre. Elle s'engouffrait dans sa voiture à Buckingham Palace et en ressortait à Windsor sans avoir lâché un instant le capitaine Crouchback, occupé à évacuer la Crète. Elle s'envolait vers l'Écosse en compagnie de Tristram Shandy ; et lorsque ce dernier devenait par trop exaspérant (ce qui était fréquent), Anthony Trollope n'était jamais bien loin. Tout cela faisait d'elle une voyageuse accommodante et fort peu exigeante. Il est vrai que, contrairement à autrefois, elle n'était pas toujours d'une ponctualité exemplaire : il n'était pas rare d'entendre le moteur tourner sous le capot du véhicule, dans la cour du palais, tandis que le duc manifestait une irritation croissante sur la banquette arrière. Cependant, lorsqu'elle finissait par prendre place à bord, elle n'était jamais de mauvaise humeur. Après tout, son livre l'attendait.

Mais les membres de sa maisonnée ne bénéficiaient pas d'une telle échappatoire. Les officiers du palais, en particulier, manifestaient une réticence et un scepticisme croissants. En dépit de leur politesse et de leur urbanité sans faille, leur rôle s'apparentait pour l'essentiel à celui d'un régisseur de théâtre : sans perdre de vue la déférence propre à leur fonction, ils savaient qu'ils devaient veiller au bon déroulement de la représentation dont ils avaient la charge et dans laquelle Sa Majesté tenait le rôle principal.

Les spectateurs — et s'agissant de la reine, tout le monde en était un — savaient qu'il s'agissait d'une représentation, même s'ils aimaient caresser l'idée que ce n'était pas tout à fait le cas, qu'en dépit du spectacle ils captaient parfois l'éclat d'un regard ou d'un geste plus « naturel » et par-là même plus « réel » — comme les reparties souvent citées de la reine mère (« je m'enverrais bien un gin tonic ») et du duc d'Édimbourg (« satanés clébards ») ou l'image de la reine assise sur un fauteuil et retirant avec soulagement ses chaussures lors d'une garden-party. La vérité, bien sûr, c'est que ces prétendus moments de relâchement faisaient autant partie de la représentation que ceux durant lesquels la famille royale était figée dans la plus hiératique des attitudes. Cet aspect du spectacle — ou de ses coulisses — consistait à affecter une attitude « normale », mais était aussi contrôlé que les démonstrations les plus protocolaires, même si les gens qui en étaient les témoins pensaient avoir aperçu la reine et ses proches sous un jour plus naturel. Rigides ou informels, ces moments relevaient tous d'une représentation permanente que les officiers du palais participaient à construire et qui, à l'exception de ces prétendus instants de « relâchement », demeurait aux yeux du public virtuellement exempte de défauts.

Il fallut un certain temps pour que les officiers du palais remarquent que ces moments censés montrer la reine « telle qu'elle était vraiment » devenaient de moins en moins fréquents. Sa Majesté continuait certes de s'acquitter assidûment de ses devoirs, mais se limitait justement à ça, sans faire mine comme par le passé d'enfreindre de temps à autre les règles où la contraignait sa fonction. Elle ne se laissait plus aller à des remarques faussement improvisées (comme lorsqu'elle avait dit à un jeune homme, en lui épinglant sa médaille : « Ne bougez pas, je m'en voudrais de vous percer le cœur ») — remarques que le destinataire pouvait rapporter chez lui et ranger dans son lot de souvenirs touchants, à côté du carton d'invitation, du badge d'entrée réservé à son véhicule et du plan des différents secteurs du palais.

Ces derniers temps, la reine respectait bien sûr le protocole, souriante et apparemment sincère, mais ne se livrait plus à ces petits apartés soi-disant spontanés dont elle était coutumière et qui mettaient un peu de vie dans un comportement par ailleurs strictement codifié. « Triste spectacle », se disaient les officiers — et ils l'entendaient littéralement : un « spectacle » que Sa Majesté avait fini par rendre ennuyeux. Mais ils étaient mal placés pour le souligner, ayant toujours affirmé que ces moments censément « naturels » étaient le fruit de l'improvisation et du sens de l'humour inné de Sa Majesté.

Alors que cela avait été une investiture.

— Vous étiez un peu moins spontanée ce matin, Madame, se risqua à lui dire un jour le plus hardi de ses officiers.

— Vraiment ? dit la reine, que cette infime critique aurait jadis outrée, alors qu'elle l'effleurait à peine aujourd'hui. Je crois en connaître la raison. Voyez-vous, Gerald, lorsque les gens s'agenouillent devant vous, vous disposez d'une vue imprenable sur le sommet de leur crâne : et sous cet angle, même les êtres les plus antipathiques finissent par avoir quelque chose de touchant, ne serait-ce qu'en raison d'une calvitie naissante ou d'une coupe de cheveux hasardeuse. On éprouve alors une sorte d'indulgence quasi maternelle à leur endroit.

L'officier du palais, à qui elle n'avait jamais fait une confidence de cette nature et qui aurait dû se sentir flatté, éprouvait au contraire un malaise mêlé d'embarras. Il était pour le coup confronté à un aspect véritablement humain de la souveraine dont il n'avait jamais eu conscience jusqu'alors et qui — à l'inverse de ces versions contrefaites — ne lui plaisait qu'à moitié. La reine estimait sans doute que des sentiments de cet ordre découlaient de sa pratique de la lecture, mais le jeune homme les voyait plutôt comme un signe de son vieillissement. Ainsi, ce qui marquait l'éveil d'une sensibilité passait-il pour le début de la sénilité.

Jadis, étant elle-même immunisée contre la gêne — et contre celle qu'elle pouvait susciter —, la reine n'aurait jamais prêté attention à la confusion du jeune homme. Mais elle la remarqua ce jour-là et décida de se montrer moins encline par la suite à partager ses pensées — ce qui était d'une certaine façon fort regrettable, puisque c'était justement ce que souhaitait une partie de ses sujets. Elle résolut à l'inverse de garder ses réflexions pour ses carnets, où elles ne causeraient de tort à personne.

La reine n'avait jamais été d'un tempérament démonstratif : on ne l'avait pas éduquée dans ce sens. Mais ces derniers temps, en particulier dans la période qui avait suivi la mort de la princesse Diana, on lui avait de plus en plus souvent demandé de manifester en public des sentiments qu'elle aurait préféré garder pour elle. À cette époque, toutefois, elle ne s'était pas encore mise à lire : elle découvrait ces derniers temps que sa situation n'avait rien d'unique et que d'autres l'avaient connue avant elle — notamment Cordelia. Elle nota dans son carnet : « Bien que je ne comprenne pas toujours Shakespeare, je partage aisément le sentiment qu'exprime Cordelia lorsqu'elle dit qu'il lui est impossible "d'avoir son cœur à la bouche". Elle est dans la même situation que moi. »

Bien que la reine fît toujours preuve d'une grande discrétion lorsqu'elle écrivait ainsi dans ses carnets, l'officier du palais n'en fut pas rassuré pour autant. Il l'avait aperçue à une ou deux reprises en train de se livrer à cette activité et s'était dit que cela risquait fort d'entraîner de nouveaux ennuis. Que pouvait bien écrire Sa Majesté ? Elle ne l'avait jamais fait jusqu'alors et, comme n'importe quel changement dans le comportement d'une personne âgée, cela fut aussitôt mis sur le compte d'un inexorable déclin.

— Elle doit avoir la maladie d'Alzheimer, avança un autre officier du palais. Ceux qui en sont atteints sont obligés de tout noter, n'est-ce pas ?

Ce dernier point, ajouté à l'indifférence croissante de Sa Majesté pour tout ce qui relevait des apparences, conduisait le personnel du palais à envisager le pire.

Aux yeux des officiers, le simple fait d'imaginer que la reine puisse être victime de la maladie d'Alzheimer avait quelque chose de choquant, non seulement sous l'angle évident de l'humanité et de la compassion, mais d'une manière plus insidieuse. Il leur semblait en effet regrettable que la reine, qui avait vécu toute sa vie à l'écart de ses semblables, puisse avoir ce mal indigne en commun avec un si grand nombre de ses sujets. Sa détérioration aurait mérité une exclusivité plus royale et son comportement une plus grande singularité : la dénomination d'Alzheimer, appliquée à elle, avait quelque chose d'un peu dégradant. Cela aurait pu constituer la matière d'un syllogisme, si Gerald avait su de quoi il s'agissait : la maladie d'Alzheimer est ordinaire, mais la reine n'est pas quelqu'un d'ordinaire, donc la reine ne peut pas avoir la maladie d'Alzheimer.

À ceci près qu'elle ne l'avait pas, cela va sans dire, ses capacités intellectuelles n'ayant même jamais été plus aiguisées. Et contrairement à l'officier du palais, elle savait très certainement ce qu'était un syllogisme.

D'ailleurs, en dehors de ses notations dans ses carnets et de ses retards désormais coutumiers, à quoi se résumait la prétendue détérioration de son état ? Une broche ou une paire de chaussures portée plusieurs jours de suite ? La vérité, c'est que Sa

Majesté ne se souciait plus de ces choses — ou qu'elle s'en souciait moins ; du coup, phénomène bien humain, l'attitude de ses domestiques commença à se relâcher. Il leur arrivait maintenant d'afficher une désinvolture que la reine n'aurait jamais tolérée jadis. Elle s'était toujours habillée avec le plus grand soin. Elle avait une connaissance encyclopédique de sa garde-robe, ainsi que de ses innombrables accessoires — sujet sur lequel elle était autrefois intarissable. Tel n'était pourtant plus le cas. Jamais on n'accuserait une femme du commun qui porterait le même ensemble à deux semaines d'intervalle de négliger son apparence. Mais dans le cas de la reine, dont le renouvellement vestimentaire était réglé à la boucle de ceinture près, de telles répétitions témoignaient d'un renoncement dramatique aux critères de bienséance qu'elle s'était elle-même fixés.

— Madame ne s'en soucie donc pas ? s'enhardit à lui demander son habilleuse.

— Se soucie de quoi ? s'enquit la reine.

Ce qui, bien qu'étant une réponse, ne rassura en rien l'habilleuse, la convainquant au contraire que le mal était décidément profond et que, comme les officiers du palais, son personnel domestique devait se préparer aux affres d'un long déclin.

Bien qu'il la vît une fois par semaine, le fait que la reine se montrait désormais plus négligente dans le renouvellement de ses tenues ou de ses boucles d'oreilles ne frappa pas de prime abord le Premier ministre.

Il n'avait pas toujours été aussi inattentif. Au tout début de son mandat, il complimentait même fréquemment la reine sur le choix des tailleurs ou des bijoux d'ailleurs discrets qu'elle portait. Il était certes plus jeune à l'époque et le faisait par pure galanterie, même si cela l'aidait à garder son sang-froid. La reine était plus jeune, elle aussi, mais la nervosité lui était étrangère et elle occupait depuis trop longtemps ses fonctions pour ne pas savoir qu'il s'agissait là d'une simple étape, par laquelle étaient passés la plupart de ses Premiers ministres (à la notable exception de Mr Heath et de Mme Thatcher) : dès que s'estompait la nouveauté de leurs entrevues hebdomadaires, la galanterie disparaissait elle aussi.

C'était un autre aspect du mythe relatif aux relations que la reine entretenait avec son Premier ministre : le manque croissant d'attention que celui-ci portait à l'apparence de la souveraine suivait la même courbe déclinante que son intérêt pour ce que Sa Majesté avait à dire, sa manière de s'habiller ou les pensées qui l'agitaient. En laissant de côté la question de ses boucles d'oreilles, la reine avait souvent l'impression, lorsqu'elle hasardait un commentaire, d'être comme ces hôtesses de l'air contraintes d'expliquer les consignes de sécurité avant le décollage : le visage du Premier ministre affichait alors la même bonhomie absente qu'un passager à qui on a déjà expliqué la manœuvre cent fois.

Il n'était d'ailleurs pas le seul à trouver ces rencontres ennuyeuses : depuis qu'elle s'était mise à lire de manière intensive, la reine déplorait le temps qu'elle devait leur consacrer. Elle eut donc l'idée de les rendre un peu plus attrayantes en les reliant aux recherches qu'elle avait entreprises, en matière d'histoire.

Ce n'était pas une très bonne idée. Le Premier ministre ne vouait aucun culte au passé, ni aux leçons qu'on pouvait en tirer. Il lui parlait un soir des problèmes du Moyen-Orient lorsqu'elle se risqua à dire :

— Cette région est le berceau de la civilisation, vous ne l'ignorez pas.

— Et elle le restera, Madame, rétorqua le Premier ministre. À condition que nous ayons les moyens d'y poursuivre notre action.

Il se lança ensuite dans une longue digression concernant l'étendue d'un nouveau réseau de pipelines et l'alimentation des centrales électriques.

Elle l'interrompit à nouveau.

— Espérons que cela ne se fasse pas au détriment du patrimoine archéologique. Vous avez entendu parler du site d'Ur, je suppose ?

Ce n'était apparemment pas le cas. Aussi, avant qu'il ne reparte, la reine lui passa deux ou trois livres qui devaient lui permettre de combler cette lacune. La semaine suivante, elle lui demanda s'il les avait lus (ce qu'il s'était bien gardé de faire).

— Ils étaient très instructifs, Madame, répondit le Premier ministre.

— Dans ce cas, je vais vous en passer d'autres. Je trouve ce sujet fascinant.

Ce jour-là, la conversation roulant sur l'Iran, elle lui demanda s'il connaissait l'histoire de la Perse (c'est-à-dire de l'Iran ancien, précisa-t-elle, car il n'avait pas l'air de faire le lien) et lui prêta un autre ouvrage relatif à cette question. De manière générale, elle se mit à manifester un tel engouement pour ces sessions du mardi soir que le Premier ministre, qui les avait jusqu'alors considérées comme une oasis de paix au milieu de sa lourde semaine, s'y rendait désormais avec une certaine appréhension. La reine l'interrogeait comme un écolier censé avoir appris sa leçon dans les livres qu'elle lui avait prêtés et souriait d'un air tolérant en constatant qu'il ne les avait pas lus.

— Mon expérience dans ce domaine, monsieur le Premier ministre, m'autorise à dire qu'à l'exception de Mr Macmillan, les Premiers ministres préfèrent généralement laisser ce genre de lectures à leurs conseillers.

— Le travail ne manque pas, Madame.

— Le travail ne manque pas, concéda-t-elle en tendant la main vers le livre qu'elle lisait ce jour-là. Nous nous reverrons la semaine prochaine.

Sir Kevin finit par recevoir un coup de fil du conseiller particulier.

— Mon patron m'informe que votre patronne commence à lui casser les pieds, attaqua celui-ci.

— Vraiment ?

— Oui, elle n'arrête pas de lui prêter des livres. C'est parfaitement déplacé.

— Sa Majesté adore la lecture.

— Personnellement, j'adore me faire sucer la bite. Mais je ne demande pas au Premier ministre de me rendre ce service. Vous avez une idée, Kevin ?

— Je parlerai à Sa Majesté.

— Excellente initiative, Kevin. Et dites-lui de nous lâcher la grappe.

Sir Kevin ne parla pas à Sa Majesté, encore moins pour lui demander de leur lâcher la grappe. Au lieu de ça, ravalant sa fierté, il alla trouver sir Claude.

Dans le petit jardin du délicieux cottage du XVIIe siècle qu'on lui avait alloué à Hampton Court, sir Claude Pollington lisait. Ou plus exactement, il somnolait devant la pile de documents confidentiels qu'il était censé lire et qu'il avait empruntés à la bibliothèque de Windsor — privilège dont il bénéficiait en tant que fidèle serviteur de la famille royale. Il avait à présent dépassé les quatre-vingt-dix ans mais prétendait toujours travailler à la rédaction de ses mémoires, provisoirement intitulés « Un divin esclavage ».

Sir Claude était entré au service de la famille royale à l'âge de dix-huit ans, sitôt sorti de Harrow, en tant que page de George V. L'une de ses premières tâches, comme il aimait à le rappeler, consistait à lécher les gommettes des nombreux albums dans lesquels ce monarque irascible et méticuleux collait ses collections de timbres. « S'il fallait un jour avoir recours à mon ADN, avait-il confié à Sue Lawley, il suffirait d'examiner le dos des timbres qui sont rassemblés dans ces dizaines d'albums royaux. Notamment ceux de Tanna Touva, que Sa Majesté trouvait vulgaires, pour ne pas dire ordinaires, je m'en souviens fort bien, mais qu'il se sentait néanmoins tenu de recueillir, ce qui était tout à fait caractéristique de Sa Majesté… Consciencieux et scrupuleux à l'excès. » L'interview se terminait sur un morceau qu'il avait choisi lui-même : le jeune Ernest Lough chantant « Pour les ailes d'une colombe ».

Dans son petit salon, les murs étaient couverts de photographies encadrées représentant les divers membres de la famille royale dont sir Claude avait été le loyal serviteur. On le voyait à Ascot, portant les jumelles du roi ; puis accroupi dans la lande, tandis que Sa Majesté visait un cerf visible dans le lointain. Ici, fermant la marche tandis que la reine Mary sortait d'un magasin d'antiquités d'Harrogate : le visage du jeune Pollington était caché par le paquet qu'il portait et qui contenait un vase en porcelaine de Wedgwood, offert bien à contrecœur à Sa Majesté par l'infortuné marchand. C'était encore lui en maillot rayé, donnant un coup de main à l'équipage du *Nahlin* lors de cette fatale croisière en Méditerranée ; la dame avec la casquette de marin était une certaine Mrs Simpson. Cette photographie, régulièrement accrochée puis décrochée, n'était jamais là quand la reine Elizabeth — la reine mère — venait prendre le thé à l'improviste, ce qui était relativement fréquent.

Il n'y avait guère de membres de la famille royale dont sir Claude n'eût partagé l'intimité. Après avoir été au service de George V, il avait brièvement été rattaché à la maison d'Edward VIII avant de se retrouver au service de son frère George VI. Il avait exercé ses fonctions dans la plupart des bureaux de la demeure royale, terminant sa carrière comme secrétaire particulier de la reine. Bien qu'il fût retiré des affaires depuis des lustres, on le consultait fréquemment. Il était en quelque sorte l'incarnation de l'employé modèle et l'expression « un bras sur lequel on peut s'appuyer » semblait avoir été forgée à son intention.

Ce bras était désormais un peu flageolant et son propriétaire ne veillait peut-être plus aussi scrupuleusement qu'avant à son hygiène corporelle : en s'asseyant face à lui, sir Kevin fut obligé de retenir sa respiration, malgré les senteurs du jardin.

— Voulez-vous que nous nous installions à l'intérieur ? proposa sir Claude. Je peux vous offrir du thé.

— Non, non, se hâta de dire sir Kevin. Nous sommes beaucoup mieux ici.

Il lui expliqua son problème.

— Il n'y a sûrement aucun mal à lire, dit sir Claude. Sa Majesté suit en cela le chemin de son ancêtre, la première Elizabeth, qui était une fervente lectrice. Il est vrai que les livres étaient plus rares, à l'époque. La reine mère les appréciait, elle aussi, contrairement à la reine Mary ou à George V — qui était par contre un grand collectionneur de timbres. C'est ainsi que j'ai commencé ma carrière, vous savez : en léchant les gommettes de ses albums.

Un domestique encore plus âgé que sir Claude leur apporta le plateau du thé. Sir Kevin estima plus prudent de faire lui-même le service.

— Sa Majesté vous aime beaucoup, sir Claude, reprit-il.

— Et c'est réciproque, répondit le vieil homme. J'ai été aux ordres de Sa Majesté depuis sa plus tendre enfance. Et durant toute mon existence.

Laquelle avait été particulièrement distinguée — sans omettre la guerre au cours de laquelle le jeune Pollington avait récolté plusieurs médailles pour sa bravoure, avant d'être finalement rattaché au personnel du palais. « J'ai servi trois reines, aimait-il dire, et je m'entendais fort bien avec elles. Je n'en dirais pas autant du maréchal Montgomery — qui était plutôt la reine des folles. »

— Elle vous écoute, reprit sir Kevin en se demandant s'il pouvait faire confiance à ce gâteau de Savoie.

— J'aime à le croire, dit sir Claude. Mais que pourrais-je lui dire ? La lecture… C'est étrange… Allez-y, servez-vous.

Sir Kevin se rendit compte juste à temps que ce qu'il avait pris pour le glaçage du gâteau était en fait de la moisissure, et il réussit à glisser discrètement sa part dans son cartable en cuir.

— Peut-être pourriez-vous lui rappeler ses devoirs ? risqua-t-il.

— Sa Majesté n'a jamais eu besoin qu'on lui rappelle ce genre de chose. Même si ses devoirs sont beaucoup trop nombreux, à mon humble avis. Laissez-moi réfléchir.

Le vieil homme resta un moment silencieux. Sir Kevin attendit. Ce fut seulement au bout de quelques minutes qu'il comprit que sir Claude s'était endormi. Il se leva à grand bruit.

— J'irai la voir, dit sir Claude. Mais il y a longtemps que je ne suis pas sorti. Vous m'enverrez une voiture ?

— Évidemment, dit sir Kevin en lui serrant la main. Je vous en prie, ne vous levez pas.

Tandis qu'il rebroussait chemin, sir Claude lança derrière lui :

— C'est bien vous qui venez de Nouvelle-Zélande ?

— Je pensais, dit l'officier du palais, qu'il serait peut-être préférable que Votre Majesté reçoive sir Claude dans le jardin.

— Dans le jardin ?

— À l'extérieur, Madame. En plein air.

La reine le dévisagea.

— Vous voulez dire qu'il sent ?

— Je crains que ce ne soit le cas, Madame.

— Le pauvre… (La reine se demandait parfois où les gens s'imaginaient qu'elle avait passé sa vie.) Non, faites-le monter ici.

L'officier proposa d'ouvrir l'une des fenêtres, mais elle ne voulut pas en entendre parler.

— Pourquoi souhaite-t-il me voir ?

— Je n'en ai pas la moindre idée, Madame.

Sir Claude arriva, en appui sur ses deux cannes. Il inclina la tête en franchissant le seuil de la pièce et répéta son geste lorsque Sa Majesté tendit la main et l'aida à rejoindre son siège. Le sourire de la reine ne vacilla pas, même lorsqu'elle eut constaté que les propos de l'officier n'avaient rien d'exagéré.

— Comment allez-vous, sir Claude ?

— Très bien, Madame. Et vous-même ?

— Très bien.

La reine attendit. Mais sir Claude était un courtisan trop aguerri pour engager lui-même la conversation et attendait, lui aussi.

— À quel sujet vouliez-vous me voir ?

Pendant que sir Claude se creusait la cervelle pour retrouver le motif de sa visite, la reine eut tout le loisir d'observer la couche de pellicules qui s'était accumulée sur le col de son manteau, les taches de jaune d'œuf qui constellaient sa cravate et les replis douteux de ses vastes oreilles. Autrefois, ce genre de détails auraient à peine retenu son attention, mais ils lui sautaient aux yeux à présent, provoquant en elle un trouble qui tournait parfois au malaise. Le malheureux… Dire qu'il avait participé à la bataille de Tobrouk… Il fallait qu'elle pense à noter tout ça.

— C'est au sujet de ces lectures, Madame.

— Je vous demande pardon ?

— Votre Majesté s'est mise à lire.

— C'est inexact, sir Claude. Je lis depuis toujours. Simplement, je le fais davantage ces derniers temps.

Elle connaissait à présent la raison de sa visite et savait bien qui l'avait forcé à l'accomplir. La pitié qu'elle venait de ressentir retomba aussitôt et elle s'empressa de ranger ce témoin privilégié de sa vie dans la catégorie de ses persécuteurs. Une fois sa compassion évaporée, elle retrouva tout son sang-froid.

— Lire n'est pas un crime en soi, Madame.

— Je suis heureuse de vous l'entendre dire.

— Ce qui est dangereux, c'est de le faire de manière intensive.

— Me suggéreriez-vous de rationner mes lectures ?

— Votre Majesté a mené une vie exemplaire. Le fait que votre engouement se soit porté sur la lecture est presque secondaire. Si vous vous étiez passionnée pour un autre sujet avec une ferveur identique, certains auraient peut-être haussé les sourcils.

— C'est bien possible. Mais après avoir passé sa vie à ne pas hausser les sourcils, on peut avoir le sentiment que le jeu n'en valait pas la chandelle.

— Madame a toujours aimé les courses de chevaux.

— C'est vrai. Mais mon intérêt s'est un peu émoussé, ces derniers temps.

— Oh, quel dommage, dit sir Claude. (Voyant un accommodement possible entre les courses et la lecture, il ajouta :) Sa Majesté la reine mère était une grande admiratrice de Dick Francis.

— Oui, dit la reine. J'ai lu un ou deux de ses livres, mais ils ne m'ont pas laissé un souvenir impérissable. J'ai découvert en revanche que Swift parlait fort bien des chevaux.

Sir Claude acquiesça avec gravité, n'ayant pas lu Swift et se disant que cette conversation ne les menait nulle part.

Ils restèrent assis un moment en silence, suffisamment en tout cas pour permettre à sir Claude de s'endormir. La reine avait rarement été confrontée à ce phénomène et, lorsque cela s'était produit (un membre du gouvernement qui dodelinait de la tête, par exemple, lors d'une cérémonie officielle), elle avait toujours réagi avec vigueur, sans la moindre indulgence. Elle était elle-même souvent tentée de somnoler — qui ne l'aurait été, à sa place — mais pour l'instant, plutôt que de réveiller le vieil homme, elle jugea préférable d'attendre. En l'écoutant respirer avec difficulté, elle s'interrogeait sur le temps dont elle disposait encore avant que le grand âge ne l'atteigne à son tour, avec son cortège d'impotences et de douleurs. Sir Claude était venu l'avertir de quelque chose, elle l'avait bien compris et cela la froissait un peu, mais peut-être ce message s'incarnait-il dans la personne même du vieux serviteur, présageant l'avenir peu enviable qui l'attendait elle aussi.

Elle prit le carnet qui se trouvait sur son bureau et le laissa tomber par terre. Sir Claude se réveilla aussitôt, opinant du bonnet et souriant comme s'il appréciait une repartie que la reine aurait faite.

— Où en sont vos mémoires ? demanda-t-elle.

Sir Claude avait entamé depuis si longtemps leur rédaction que c'était devenu un sujet de plaisanterie récurrent au palais.

— À quelle année en êtes-vous arrivé ? ajouta-t-elle.

— Oh, l'ouvrage ne suit pas la chronologie, Madame. J'y travaille un peu chaque jour.

C'était évidemment un mensonge et ce fut seulement pour éviter une autre question de la reine à ce sujet que sir Claude ajouta :

— Votre Majesté n'a-t-elle jamais eu envie d'écrire ?

— Non, dit la reine (ce qui était également un mensonge). Où aurais-je trouvé le temps ?

— Madame a bien trouvé le temps de lire.

Cette remarque frisait le reproche, à quoi la reine était généralement fort sensible, mais elle décida cette fois-ci de l'ignorer.

— Sur quoi pourrais-je donc écrire ? dit-elle.

— Votre Majesté a mené une existence digne d'intérêt.

— Oui, dit la reine. C'est exact.

La vérité, c'est que sir Claude n'avait pas la moindre idée de ce que la reine aurait pu écrire, ni même s'il aurait été pertinent qu'elle le fasse. Il avait uniquement évoqué cette possibilité comme alternative à la lecture et parce que son expérience en la matière ne l'avait pas entraîné bien loin. Elle l'avait même conduit dans une impasse. Cela faisait vingt ans qu'il avait commencé ses mémoires et il n'en avait pas rédigé plus d'une cinquantaine de pages.

— Oui, dit-il avec assurance. Votre Majesté devrait se mettre à écrire. Mais puis-je me permettre de vous donner un conseil ? Ne commencez pas par le début. C'est l'erreur que j'ai faite. Commencez par le milieu. La chronologie est une entrave.

— Vous aviez autre chose à me dire, sir Claude ?

La reine se fendit d'un grand sourire : l'entrevue était terminée. Sir Claude n'avait jamais compris comment elle s'y prenait pour faire passer le message, mais c'était chaque fois aussi évident que si une sonnerie avait retenti. Il se releva tant bien que mal tandis que l'officier ouvrait la porte, fit une première révérence, puis une autre lorsqu'il eut atteint le seuil, avant de s'éloigner dans le couloir en appui sur ses cannes — dont l'une était un cadeau de la reine mère.

De retour dans la pièce, la reine ouvrit grand la fenêtre et laissa entrer la brise en provenance du jardin. L'officier du palais réapparut. Haussant un sourcil, la reine lui indiqua le fauteuil sur lequel sir Claude s'était assis et dont le satin présentait une tache d'une humidité douteuse. Le jeune homme transporta en silence le fauteuil hors de la pièce tandis que la reine s'apprêtait à se rendre au jardin, après avoir pris son livre et son cardigan.

Lorsque l'officier réapparut, muni d'un autre fauteuil, elle était sur la terrasse. Il déposa le siège avant de parcourir la pièce d'un œil expert pour s'assurer que tout était en ordre et aperçut alors le carnet de la reine, qui gisait sur le parquet. Il le ramassa et s'apprêtait à le reposer sur le bureau, mais se demanda brusquement s'il ne pouvait pas profiter de l'absence de Sa Majesté pour y jeter un coup d'œil et voir ce qu'il contenait. Sauf qu'à cet instant précis, la reine réapparut dans l'encadrement de la porte-fenêtre.

— Merci, Gerald, dit-elle en tendant la main.

Il lui donna le carnet et elle ressortit aussitôt.

— Merde, merde et merde, songea Gerald.

Cette réflexion qui comportait une part d'auto-critique ne se révéla pas infondée car quelques jours plus tard Gerald fut relevé de ses fonctions auprès de la reine — et du palais royal en général — et renvoyé dans son régiment d'origine, dont il avait fini par oublier l'existence, retrouvant du même coup les joies des longues marches sous la pluie, dans les landes du Northumberland. La rapidité et la rudesse de sa disgrâce, digne des Tudor ou presque, firent fort bien passer le message (comme aurait dit sir Kevin) et coupèrent court aux rumeurs concernant le déclin et la sénilité de la reine. Sa Majesté avait bien toute sa tête.

Rien de ce que sir Claude lui avait dit ne pesait d'un bien grand poids, mais la reine se surprit à y repenser le soir même, au Royal Albert Hall, où une réception musicale était organisée en son honneur. La musique ne lui avait jamais été d'un grand secours, associée depuis toujours dans son esprit à des concerts de ce genre, auxquels elle était obligée d'assister et dont le répertoire était plus ou moins immuable. Ce soir-là, néanmoins, la musique lui parut plus appropriée qu'à l'ordinaire.

Tandis qu'un jeune homme jouait un air de clarinette, elle se disait que tout le monde dans la salle reconnaissait une voix, la voix de Mozart — même si celui-ci était mort depuis plus de deux siècles. Elle se souvenait du personnage d'Helen Schlegel, dans *Howards End*, qui met des images sur la musique de Beethoven lors du concert à Queen's Hall que décrit Forster : la voix de Beethoven elle aussi était connue de tous.

Lorsque le jeune homme acheva son morceau, le public applaudit et elle fit de même, tout en se tournant vers un autre membre de l'assistance pour lui faire part de son appréciation. Mais l'idée qui lui trottait dans la tête, c'était qu'en dépit de son grand âge et de sa renommée, personne au monde ne connaissait sa voix. Dans la voiture qui les ramenait au palais, elle déclara soudain :

— Je n'ai pas de voix.

— Ça ne m'étonne pas, dit le duc. Avec une chaleur pareille… C'est la gorge, n'est-ce pas ?

L'atmosphère était étouffante et contrairement à son habitude elle se réveilla en pleine nuit, incapable de se rendormir. Voyant la lumière s'allumer, le policier qui montait la garde dans le jardin alluma son portable, à titre préventif.

Elle lisait ces temps-ci l'histoire des Brontë et des

101

jours difficiles qu'ils avaient vécus dans leur enfance, mais se dit que ce n'était pas ça qui l'aiderait à retrouver le sommeil. Cherchant une autre lecture, elle aperçut au bord d'une étagère le livre d'Ivy Compton-Burnett qu'elle avait emprunté au bibliobus et que Mr Hutchings lui avait offert, voici une éternité. Elle l'avait trouvé plutôt soporifique à l'époque : peut-être en irait-il de même aujourd'hui.

À sa grande surprise, ce roman qui était jadis d'une lenteur accablante lui parut plutôt enlevé, et d'une causticité revigorante. Quant au ton posé de dame Ivy, il était étrangement proche du sien. Elle comprit alors (comme elle le nota le lendemain) que, parmi d'autres attraits, la lecture fonctionnait au fond comme un muscle qu'elle avait fini par exercer. Elle pouvait à présent lire ce roman sans difficulté et avec un grand plaisir, riant à certaines remarques qui n'étaient pas vraiment des plaisanteries et auxquelles elle n'aurait même pas fait attention autrefois. Et à travers l'ouvrage, elle percevait la voix d'Ivy Compton-Burnett, sévère et avisée, dénuée de tout sentimentalisme : elle l'entendait aussi nettement que la voix de Mozart un peu plus tôt dans la soirée. Elle referma le livre et s'exclama une fois encore :

— Je n'ai pas de voix.

Quelque part dans l'ouest de Londres, où ses propos étaient enregistrés, le dactylo impavide qui les transcrivait songea que c'était une étrange remarque et rétorqua comme en écho :

— Si vous dites la vérité, ma chère, je me demande qui pourrait en avoir une.

À Buckingham Palace, toutefois, la reine attendit encore quelques instants, puis éteignit sa lampe de chevet. Dehors, sous le catalpa, le policier vit la lumière s'éteindre et débrancha son portable.

Dans l'obscurité, la reine songea brusquement que, une fois morte, elle n'existerait plus qu'à travers les souvenirs des gens. Elle qui n'avait jamais dépendu de personne allait connaître le même sort que n'importe qui. La lecture ne changerait rien à cet état de fait, mais l'écriture le pouvait.

Si on lui avait demandé : « Les livres ont-ils enrichi votre vie ? », elle se serait sentie obligée de répondre : « Oui, sans l'ombre d'un doute » — tout en ajoutant avec la même conviction qu'ils l'avaient également vidée de tout sens. Avant de se lancer dans ces lectures, elle était une femme droite et sûre d'elle, sachant où résidait son devoir et bien décidée à l'accomplir, dans la mesure de ses moyens. Maintenant, elle se sentait trop souvent partagée. Lire n'était pas agir, c'était depuis toujours le problème. Et malgré son grand âge, elle restait une femme d'action.

Elle ralluma sa lampe de chevet, saisit son carnet et nota rapidement : « On n'écrit pas pour rapporter sa vie dans ses livres, mais pour la découvrir. »

Puis elle se rendormit.

Au cours des semaines qui suivirent, il apparut clairement que la reine lisait moins, pour ne pas dire plus du tout. Elle était souvent pensive et même un peu distraite, mais ce n'était pas parce qu'elle était absorbée par sa lecture. Elle n'emportait plus systématiquement un livre avec elle lors de ses divers déplacements et les volumes qui s'étaient empilés sur son bureau regagnèrent leurs étagères ou celles des bibliothèques d'où ils provenaient.

Lecture ou pas, elle n'en passait pas moins de longues heures à son bureau, feuilletant ses carnets et y ajoutant parfois un nouveau commentaire. Elle savait pourtant — sans se l'avouer tout à fait — que cette pratique d'écriture risquait d'être encore plus mal perçue par son entourage que ses lectures passées. Et lorsque quelqu'un frappait à la porte, elle se hâtait de glisser son carnet dans le tiroir du bureau avant de lui dire d'entrer.

Elle constata néanmoins que chaque fois qu'elle inscrivait quelque chose dans son carnet, ne serait-ce qu'une simple apostille, elle éprouvait autant de bonheur qu'autrefois après plusieurs heures de lecture. Et elle comprit une fois de plus que son rêve n'avait jamais été d'être une simple lectrice. Un lecteur n'est au fond qu'un spectateur, alors qu'en écrivant elle agissait : et l'action était depuis toujours son domaine, autant que son devoir.

Par ailleurs, elle se rendait souvent dans ses diverses bibliothèques, notamment celle de Windsor, et compulsait les registres qui la concernaient, les albums relatant les innombrables visites qu'elle avait effectuées — tout ce qui constituait ses archives.

— Votre Majesté cherche-t-elle quelque chose en particulier ? lui demanda un jour le bibliothécaire après avoir déposé devant elle une nouvelle pile de documents.

— Non, dit la reine. Je cherche simplement à me souvenir de quoi tout cela pouvait bien avoir l'air. Sans trop savoir d'ailleurs ce que cache ce « cela ».

— Ma foi, si la mémoire revient à Votre Majesté, j'espère que vous me le direz. Ou mieux encore, Madame, que vous l'écrirez. Votre Majesté est à elle seule un fonds d'archives vivant.

Même si elle aurait préféré qu'il formule sa pensée de manière plus élégante, elle comprenait ce qu'il voulait dire et songea qu'il l'encourageait lui aussi à écrire. C'était en train de devenir une sorte de devoir : et elle avait toujours su répondre à ce genre d'appel — du moins jusqu'à ce qu'elle se mette à lire. Il y avait toutefois une marge entre le fait d'être poussée à écrire et la volonté de publier ce qu'on écrivait : et elle sentait que personne jusqu'à présent ne la poussait vraiment à s'engager dans cette seconde voie.

Comme l'ensemble du palais royal, sir Kevin constata avec satisfaction que les livres avaient disparu du bureau de la reine et qu'elle l'écoutait à nouveau d'une oreille que l'on pouvait presque qualifier d'attentive. Elle était toujours régulièrement en retard, il est vrai, et s'habillait d'une manière un peu fantasque (« Je proscrirais ce cardigan si j'étais elle », disait sa femme de chambre). Mais sir Kevin partageait le sentiment général : en dépit de ces travers persistants, Sa Majesté avait renoncé à son engouement pour les livres et adoptait à nouveau un comportement plus normal.

À l'automne suivant, elle passa quelques jours à Sandringham, avant d'effectuer à Norwich une visite royale qui comportait un office à la cathédrale, une promenade dans le quartier piéton et l'inauguration d'une nouvelle caserne de pompiers, avant le déjeuner donné en son honneur à l'université.

Assise entre le recteur et le professeur en charge des ateliers d'écriture, elle vit avec surprise, au début du repas, se profiler par-dessus son épaule la main osseuse et couverte de taches de rousseur qui lui tendait le cocktail de crevettes et qui ne lui était pas étrangère.

— Bonjour, Norman, dit-elle.

— Votre Majesté, répondit Norman en se conformant à l'usage, avant de présenter son cocktail de crevettes au lord lieutenant et de poursuivre son chemin le long de la table.

— Votre Majesté connaît donc Seakins ? s'enquit le professeur en charge des ateliers d'écriture.

— En effet, dit la reine, un peu peinée de voir que Norman n'avait apparemment fait aucun progrès dans le monde et se retrouvait de nouveau affecté aux cuisines, même s'il ne s'agissait plus des siennes.

— Il nous a semblé, intervint le recteur, que les étudiants seraient ravis de servir le repas. Ce travail leur sera rétribué, cela va sans dire, sans compter l'expérience qu'ils en retireront.

— Nous attendons beaucoup de Seakins, ajouta le

professeur. Il vient d'obtenir son diplôme et c'est l'un de nos plus brillants éléments.

La reine constata avec un certain dépit que, malgré les sourires qu'elle lui adressait pendant qu'il servait le *bœuf en croûte**, Norman refusait obstinément de croiser son regard. Le même phénomène se produisit lorsque arriva le tour de la *poire Belle Hélène**. Elle finit par comprendre que, pour une raison qui lui échappait, Norman lui faisait la tête — attitude à laquelle elle n'était que rarement confrontée, excepté de la part des enfants et, plus sporadiquement, d'un membre du gouvernement. Ses sujets n'avaient guère l'habitude de bouder devant elle et n'étaient d'ailleurs pas autorisés à le faire : jadis, cela aurait même constitué un motif suffisant pour les envoyer visiter l'un des cachots de la Tour de Londres.

Quelques années plus tôt, elle n'aurait même pas fait attention au comportement de Norman, ou de n'importe qui d'autre. Elle s'y attardait aujourd'hui parce qu'elle en savait plus long sur les sentiments des autres et qu'elle était en mesure de se mettre à leur place. Mais cela n'expliquait pas pourquoi Norman lui en voulait.

— Les livres sont une merveilleuse invention, vous ne trouvez pas ? dit-elle au recteur, qui opina de la tête. Au risque de passer pour une midinette, je dirais qu'ils ont tendance à développer la sensibilité des gens.

Le recteur acquiesça à nouveau, tout en se demandant où elle voulait en venir.

— Puisque vous êtes en charge des ateliers d'écriture, dit-elle en se tournant vers son voisin de droite, je me demande si vous partagez l'opinion selon laquelle la lecture attendrit ceux qui la pratiquent, alors que l'écriture produit l'effet inverse. Il faut s'endurcir pour écrire, vous ne croyez pas ?

Surpris de se voir entraîné dans une conversation qui concernait son domaine, le professeur ne savait plus trop sur quel pied danser. La reine attendait. « Dites-moi que j'ai raison », aurait-elle voulu ajouter. Mais le lord lieutenant se leva à cet instant pour porter un toast en son honneur et tous les convives l'imitèrent. Personne n'allait lui répondre, songea-t-elle. L'écriture, comme la lecture, était un art qu'elle allait devoir apprendre seule.

Pas tout à fait, cependant. Norman fut convoqué à la fin du repas et la reine, dont le retard était désormais proverbial (ce dont le programme tenait compte), passa une demi-heure en sa compagnie. Il lui exposa les détails de son récent cursus universitaire, ainsi que les circonstances qui l'avaient conduit à East Anglia. Il fut convenu qu'il se rendrait à Sandringham le lendemain : maintenant qu'il s'était mis à écrire, la reine se disait qu'il pourrait peut-être la seconder cette fois encore, comme il l'avait fait autrefois.

Sans attendre cette échéance, elle congédia néanmoins un autre de ses collaborateurs. Lorsque sir Kevin se présenta à son bureau le lendemain matin, ses affaires avaient déjà été évacuées. Norman avait beau avoir tiré profit de son exil à l'université, Sa Majesté n'aimait guère que l'on fasse des choses dans son dos. Et même si le vrai coupable était le conseiller particulier du Premier ministre, ce fut sir Kevin qui porta le chapeau. À une autre époque, on l'aurait expédié au cachot. De nos jours, cela lui valut un aller simple pour la Nouvelle-Zélande, accompagné d'un poste de haut-commissaire. Il est vrai que cela ne différait pas profondément du cachot : la relégation était simplement plus lointaine.

La reine fêta ses quatre-vingts ans cette année-là, événement qu'elle accueillit elle-même avec un certain étonnement. Le fait ne passa pas inaperçu et diverses célébrations furent organisées en cet honneur : certaines étaient plus du goût de la reine que d'autres, tandis que ses conseillers tendaient à considérer cet anniversaire comme une excellente occasion de redorer le blason de la monarchie auprès d'un public toujours volage.

Nul ne fut donc surpris lorsque la reine décida de son propre chef d'organiser une réception et de réunir tous ceux qui avaient eu le privilège de la conseiller, au fil des décennies. Il s'agissait en effet d'une réception réservée aux membres du Conseil privé, qui conservent leur charge jusqu'à la fin de leurs jours et constituent par-là même une assemblée aussi pesante que pléthorique. Ils se retrouvaient d'ailleurs rarement au grand complet, hormis en des circonstances d'une exceptionnelle gravité. Mais rien n'empêchait, songeait la reine, de les réunir pour le thé — un thé conséquent, cela va sans dire, où il y aurait du jambon, de la langue de bœuf, de la moutarde et du cresson, des *scones*, du cake et même de la charlotte aux biscuits de Savoie. Cela vaudrait beaucoup mieux qu'un dîner et serait nettement plus agréable.

La tenue de soirée n'était pas de rigueur, bien que Sa Majesté fût tirée à quatre épingles comme aux plus beaux jours de sa jeunesse. Se pouvait-il qu'elle ait eu autant de conseillers, au fil des années ? se demandait-elle en parcourant l'assemblée des yeux. Tant de personnes avaient répondu à son invitation qu'il avait fallu aménager deux des plus vastes salles du palais. Les tables où étaient dressés les ingrédients de ce thé somptueux occupaient à elles seules deux salons adjacents. La reine se déplaçait, radieuse, au milieu de ses invités, sans l'assistance des autres membres de la famille royale : un certain nombre d'entre eux faisaient pourtant partie du Conseil, mais ils n'avaient pas été invités. « Je les vois à longueur d'année, expliquait-elle aux uns et aux autres, alors que j'ai si rarement le plaisir de vous rencontrer. Et à moins que je ne meure, il est peu vraisemblable que vous ayez l'occasion de vous retrouver tous ensemble. N'oubliez pas de goûter la charlotte, elle mérite le détour. » Cela faisait bien longtemps qu'on ne l'avait vue de si bonne humeur.

La perspective de ce thé royal avait suscité l'intérêt d'un plus grand nombre de conseillers qu'il n'avait été imaginé au départ. Un dîner rassemblant une telle quantité de convives aurait été un véritable calvaire, alors que ce thé était un régal. L'assemblée était si nombreuse qu'on se trouvait à court de sièges : le personnel courait dans tous les sens en s'assurant que chacun avait de quoi s'asseoir, mais cela ne faisait qu'ajouter au caractère bon enfant de la réunion. Certains avaient pris place sur les sièges dorés habituellement réservés à ce genre de réceptions, mais on avait dû en loger d'autres dans des bergères Louis XV d'une valeur inestimable ou des fauteuils rapportés de l'office et marqués du monogramme royal. Un ancien grand chancelier se retrouva même juché sur un tabouret tapissé de liège, provenant d'une salle de bains.

La reine surveillait d'un regard placide ces allées et venues. Elle n'avait pas voulu utiliser le trône, mais le fauteuil sur lequel elle avait pris place était assurément plus large que celui de n'importe quel autre invité. Sa tasse de thé était posée auprès d'elle et elle en buvait une gorgée de temps à autre, tout en échangeant quelques mots avec ses voisins, attendant que tout le monde se soit plus ou moins confortablement installé.

— Je savais que j'avais été bien conseillée au fil des années, finit-elle par déclarer, mais je ne me rendais pas compte que vous aviez été aussi nombreux à mes côtés. Quelle assemblée !

— Peut-être devrions-nous entonner un « Happy Birthday », Madame, lança le Premier ministre, évidemment assis au premier rang.

— Sachons refréner nos élans, dit la reine. Il est vrai que je viens d'avoir quatre-vingts ans et que je vous ai plus ou moins réunis à l'occasion de cet anniversaire. Mais je ne suis pas sûre de savoir ce que nous célébrons au juste. L'une de mes rares certitudes, c'est d'avoir au moins atteint un âge où l'on peut se permettre de mourir sans choquer la majorité des gens.

Quelques rires polis suivirent cette remarque et la reine elle-même esquissa un sourire.

— Il me semble, dit-elle, que des protestations auraient été plus appropriées.

Quelqu'un se prêta à cette requête et de nouveaux rires s'élevèrent, tandis que les membres les plus distingués de la nation savouraient le plaisir de se voir taquinés par celle qui en était la suprême incarnation.

— Comme vous le savez, reprit-elle, ce règne a été bien long. En plus de cinquante ans, j'ai connu — je n'ai pas dit éconduit *(rires)* — dix Premiers ministres, six archevêques de Canterbury, huit présidents de la Chambre des communes ainsi que cinquante-huit chiens, même si vous êtes en droit d'estimer que ceux-ci ne relèvent pas de la même catégorie. Ce fut une vie pleine de péripéties, comme dit lady Bracknell.

L'assistance souriait, émettant de temps à autre de petits gloussements. Tout le monde avait l'impression de se retrouver sur les bancs de l'école primaire.

— Et bien sûr, poursuivit la reine, cela continue. Pas une semaine ne s'écoule sans qu'advienne un événement digne d'intérêt, un scandale qui explose, un autre qu'on étouffe — sans même parler des guerres. (Le Premier ministre contemplait le plafond et le ministre de l'Intérieur étudiait les motifs du tapis.) Puisque c'est un anniversaire qui nous réunit, inutile de s'en irriter, d'autant qu'il en a toujours été ainsi. Lorsqu'on a quatre-vingts ans, les événements ne se produisent plus : ils se reproduisent.

« Toutefois, comme certains d'entre vous le savent, j'ai toujours eu horreur du gaspillage. Une image qui n'est pas dénuée de tout fondement me représente en train de traverser les pièces de Buckingham Palace pour éteindre les lumières — ce qui suggère bien sûr une tendance à l'avarice, même si de nos jours cela s'inscrirait plutôt dans le cadre de la lutte contre le réchauffement climatique. Mais cette horreur du gaspillage me rappelle l'ensemble des expériences que j'ai vécues, dont beaucoup sont uniques à mes yeux, au fil d'une existence qui m'a souvent permis de côtoyer les grands événements du monde, ne serait-ce qu'au titre de spectatrice. L'essentiel de cette expérience est aujourd'hui enfermée là-dedans, ajouta Sa Majesté en montrant du doigt sa tête impeccablement coiffée. Et il serait regrettable qu'elle se perde. La question se pose donc en ces termes : que faire de tout cela ?

Le Premier ministre ouvrit la bouche et se redressa même à moitié sur son siège, comme s'il voulait prendre la parole.

— La question, poursuivit la reine, est évidemment rhétorique.

Le Premier ministre se rassit aussitôt.

— Comme certains parmi vous le savent, je suis devenue une lectrice assidue, ces dernières années. Les livres sont venus enrichir ma vie d'une manière tout à fait inattendue. Mais cette posture possède elle aussi ses limites et j'estime qu'il est temps de ne plus me cantonner à ce rôle de lectrice : il faut à présent que j'écrive, ou que j'essaie d'écrire à mon tour.

Le Premier ministre voulait visiblement revenir à la charge et la reine, qui avait toujours eu la même attitude avec les responsables de ses divers gouvernements, lui céda gracieusement la parole.

— Votre Majesté envisage donc d'écrire un livre… Vous y raconterez bien sûr vos souvenirs d'enfance et des années de guerre, le bombardement du palais, votre engagement parmi les auxiliaires féminines de l'aviation militaire…

— De l'armée de terre, corrigea la reine.

— Enfin, dans les forces armées. Puis votre mariage, les circonstances dramatiques dans lesquelles vous avez appris que vous alliez devenir reine… Ce sera un livre sensationnel. Et sans nul doute un formidable best-seller.

— LE best-seller, intervint le ministre de l'Intérieur. Et cela dans le monde entier.

— À vrai dire, dit la reine — et elle savoura particulièrement cet instant —, ce n'est pas exactement ce genre de livre que j'avais en tête : au fond, n'importe qui pourrait l'écrire et certains l'ont même déjà fait, sans grand succès à mon humble avis. Non, j'envisage un ouvrage d'une tout autre nature.

Le Premier ministre haussa les sourcils, manifestant un intérêt poli. Peut-être la vieille voulait-elle écrire un guide touristique ? Cela marchait toujours bien.

La reine avait retrouvé tout son sérieux.

— Je pensais à quelque chose de plus radical... Ou de plus... hardi.

Les termes de « radical » ou de « hardi » faisaient partie du vocabulaire du Premier ministre, qui les employait fréquemment. Ils ne suscitèrent donc en lui aucune inquiétude particulière.

— Certains parmi vous ont-ils lu Proust ? demanda la reine en s'adressant à l'ensemble de l'assistance.

« Qui ? » murmura un vieillard dur d'oreille. Quelques mains se levèrent mais celle du Premier ministre n'en faisait pas partie. Voyant cela, l'un des plus jeunes membres du gouvernement, qui avait lu *La Recherche* et s'apprêtait à lever la main, s'abstint de le faire en se disant que cela risquait de lui attirer des ennuis.

La reine compta les mains qui s'étaient levées, dont la plupart appartenaient à des membres de ses tout premiers gouvernements.

— Huit, neuf... et dix. Ma foi, c'est mieux que rien, mais cela ne m'étonne guère. Si j'avais posé la même question au gouvernement de Mr Macmillan, je suis sûre qu'une douzaine de mains se seraient levées, y compris la sienne. Mais je reconnais que ma remarque n'est pas très fair-play, car je n'avais moi-même pas encore lu Proust à cette époque.

— J'ai lu Trollope, intervint un ancien ministre des Affaires étrangères.

— Je suis enchantée de l'apprendre, dit la reine, mais Trollope n'est pas Proust.

Le ministre de l'Intérieur, qui ne les avait lus ni l'un ni l'autre, acquiesça d'un air convaincu.

— L'ouvrage de Proust est passablement long, même si l'on peut en venir à bout pendant des vacances d'été, à condition bien sûr de renoncer au ski nautique. À la fin du roman, Marcel — le narrateur — s'aperçoit que l'ensemble de sa vie se ramène à bien peu de chose et décide de la racheter en écrivant le livre que le lecteur vient de lire, exposant en cours de route les rouages secrets de la mémoire et du souvenir.

« Pour ce qu'il m'est permis d'en juger, ma propre vie offre sans doute un bilan plus riche que celle de Marcel, mais j'estime comme lui qu'elle mérite d'être rachetée, par l'analyse et la réflexion.

— L'analyse ? dit le Premier ministre.

— Et la réflexion, compléta la reine.

Entrevoyant une plaisanterie qui ne manquerait pas de faire son petit effet à la Chambre des communes, le ministre de l'Intérieur se risqua à intervenir :

— Devons-nous en déduire que Votre Majesté a décidé d'entreprendre ce récit à la suite d'une révélation… Qu'elle aurait eue dans un livre… un livre français, de surcroît… Ha, ha, ha.

Deux ou trois ricanements lui firent écho dans l'assemblée, mais la reine n'eut pas l'air de se rendre compte que le ministre avait voulu plaisanter (sans d'ailleurs y parvenir).

— Non, monsieur le ministre de l'Intérieur. Comme vous le savez sans doute, les livres produisent rarement un effet aussi direct. Ils viennent plutôt confirmer une opinion ou une décision que l'on a déjà prise, parfois sans s'en rendre compte. On cherche dans un livre la confirmation de ses propres convictions. Chaque livre, à tout prendre, porte en lui un autre livre.

Certains conseillers, qui n'étaient plus aux affaires depuis longtemps, avaient de la peine à reconnaître la souveraine qu'ils avaient servie jadis, tout en l'écoutant avec une certaine fascination. Mais, pour l'essentiel, l'assemblée observait un silence embarrassé, la plupart des gens n'ayant aucune idée de ce qu'elle voulait dire. Et la reine en avait parfaitement conscience.

— On commence par s'en étonner, poursuivit-elle sans se laisser démonter, mais on comprend vite qu'on est directement concerné.

Elle leur parlait à nouveau comme une maîtresse d'école.

— Enquêter pour chercher la preuve d'une décision qui a déjà été prise est la base implicite de n'importe quelle enquête publique, vous me l'accorderez.

Le plus jeune membre du gouvernement se mit à rire, mais le regretta aussitôt. Le Premier ministre ne riait pas, quant à lui. Si tel était le ton de l'ouvrage que la reine avait l'intention d'écrire, il était difficile de savoir à quoi il fallait s'attendre.

— Je crois que vous feriez mieux de vous contenter d'écrire vos mémoires, Madame, dit-il d'une voix blanche.

— Non, dit la reine. La facilité de ce genre de souvenirs ne m'intéresse pas. J'espère produire quelque chose de plus réfléchi. Et par réfléchi, je n'entends pas plus prudent. Mais non, je plaisante…

Aucun rire ne s'éleva dans l'assistance. Le sourire du Premier ministre n'était plus qu'une affreuse grimace.

— Qui sait, reprit la reine d'un air enjoué. Nous pourrions même verser dans la littérature.

— J'aurais cru, rétorqua le Premier ministre, que Votre Majesté était au-dessus de ça.

— Qui peut se prétendre au-dessus de la littérature ? dit la reine. Ce serait aussi ridicule que de se croire au-dessus de l'humanité. Mais comme je vous l'ai dit, mon propos n'est pas prioritairement littéraire : il relève de l'analyse et de la réflexion. Prenez mes dix Premiers ministres, ajouta-t-elle avec un large sourire : voilà un vaste sujet de réflexion. Et le pays a été entraîné dans la guerre plus souvent qu'on n'aimerait l'admettre. Cela incite aussi à la réflexion.

Elle ne se départait pourtant pas de son sourire. Tout le monde l'imitait, mais apparemment c'étaient les plus anciens qui avaient le moins de souci à se faire.

— Il a fallu rencontrer et parfois même divertir

des chefs d'État étrangers dont certains étaient de simples escrocs, voire d'ignobles crapules. Et leurs épouses ne valaient pas mieux.

Cette remarque au moins suscita dans une partie de l'assistance des acquiescements attristés.

— Il a fallu tendre une main gantée de blanc pour en serrer d'autres qui étaient couvertes de sang et soutenir d'aimables conversations avec des individus qui avaient participé à des massacres d'enfants. Il a fallu patauger dans les tripes et les excréments. Je me suis souvent dit que pour une reine, le seul équipement vraiment indispensable serait une paire de cuissardes.

« On me crédite généralement d'un solide bon sens, ce qui est une autre façon de dire que je n'ai guère d'autres atouts. En conséquence de quoi, je me suis vue contrainte, sur les instances de mes divers gouvernements, d'entériner — ne serait-ce que de manière passive — des décisions que je considérais comme mauvaises et souvent même indignes. Ce qui m'a parfois donné le sentiment de tenir le même rôle qu'une bougie parfumée, destinée à chasser les relents de la politique — la monarchie n'étant plus de nos jours qu'un vague déodorant, au service du gouvernement.

« Je suis la reine, à la tête du Commonwealth, mais à de nombreuses reprises au cours du dernier demi-siècle cette charge m'a davantage remplie de honte que de fierté. Cependant (ajouta-t-elle en se levant), que cela ne nous fasse pas perdre le sens des priorités. Ceci est une réception, après tout, et je vous invite à boire une coupe de champagne avant de poursuivre cette conversation.

Le champagne était absolument divin. Mais après s'être aperçu que Norman avait à nouveau rejoint le rang des pages en charge du service, le Premier ministre perdit toute envie d'en boire. Il s'éclipsa et longea le couloir qui menait aux toilettes, d'où il appela l'attorney général sur son portable. Celui-ci avança plusieurs arguments qui eurent le don de le rassurer : fort de cet avis autorisé, le Premier ministre passa la consigne à l'ensemble de son cabinet. De sorte que lorsque Sa Majesté réapparut dans la salle, c'était un groupe nettement requinqué qui l'attendait.

— Nous avons discuté entre nous des déclarations que vous venez de nous faire, Madame, commença le Premier ministre.

— Chaque chose en son temps, dit la reine. Je n'avais pas tout à fait terminé. Je ne voudrais pas que vous puissiez croire que l'ouvrage que j'ai l'intention d'écrire — et dont j'ai de fait entamé la rédaction — relève de ce tissu de ragots et d'affabulations grotesques dont les tabloïdes se montrent friands. Non. Je n'avais jamais écrit de livre à ce jour, mais j'espère que celui-ci parviendra… (Elle marqua une pause) à transcender les circonstances de sa composition et à s'imposer de lui-même, comme un récit tangent à son époque. Il ne concerne d'ailleurs pas uniquement, peut-être serez-vous soulagés de l'apprendre, la politique ou les événements qui ont marqué ma vie. J'aimerais y parler des livres. Mais aussi des gens — ce qui n'a rien à voir avec les cancans, dont je me moque éperdument. Ce livre prendra des chemins détournés. Je crois que c'est E. M. Forster qui a écrit : « Dites toute la vérité, mais dites-la de manière oblique : la réussite réside dans les circonvolutions. » À moins qu'il ne s'agisse d'Emily Dickinson ? ajouta-t-elle à l'intention de l'assistance.

Personne ne lui répondit, ce qui n'avait rien de très surprenant.

— Mais il ne faut pas que je vous en dise trop, sinon je ne l'écrirai jamais.

Le Premier ministre songea, sans grand réconfort, que les gens qui prétendent vouloir écrire un livre ne le font généralement jamais, mais qu'on pouvait être certain, connaissant le sens du devoir de la reine, qu'elle-même en viendrait à bout.

— Mais vous vous apprêtiez à dire quelque chose, monsieur le Premier ministre, ajouta-t-elle en se tournant vers lui d'un air enjoué.

Le Premier ministre se leva.

— Si respectueux soyons-nous de vos intentions, Madame, lança-t-il sur un ton désinvolte et amical, je crois devoir vous rappeler le caractère unique de la position que vous occupez.

— Il m'arrive rarement de l'oublier, dit la reine. Mais poursuivez.

— Aucun monarque, si je ne me trompe, n'a jamais publié de livre.

À ces mots, la reine le tança du doigt, ce qui était l'un des tics favoris de Noel Coward, elle s'en souvint brusquement.

— Ce n'est pas tout à fait exact, monsieur le Premier ministre. Mon ancêtre Henry VIII, par exemple, a écrit un traité contre l'hérésie. C'est d'ailleurs la raison pour laquelle les souverains d'Angleterre portent depuis le titre de Défenseurs de la Foi. Mon homonyme, Elizabeth Ire, en a composé un elle aussi.

Le Premier ministre s'apprêtait à protester.

— Je sais parfaitement que ce n'est pas comparable, l'interrompit-elle. Mais mon arrière-grand-mère, la reine Victoria, a elle aussi écrit un livre : *Pages d'un Journal des Highlands*, qui est d'ailleurs d'un ennui mortel et tellement vidé de ce qui risquait d'offenser ses lecteurs qu'il en est presque illisible. Ce n'est certes pas un exemple qu'on aimerait suivre. Et puis, bien sûr, ajouta la reine en regardant le Premier ministre dans les yeux, il y a eu mon oncle, le duc de Windsor. Il a fait dans *Histoire d'un roi* le récit de son mariage et des péripéties qui en ont découlé. Sans même parler du reste, cela crée assurément un notable précédent.

Ayant recueilli l'opinion de l'attorney général sur ce point précis, le Premier ministre sourit et objecta, en s'excusant presque :

— Oui, Madame, je vous l'accorde. Mais il y a une différence de taille. C'est que Son Altesse Royale avait composé cet ouvrage après être redevenu duc de Windsor. Jamais il n'aurait pu l'écrire s'il n'avait pas abdiqué.

— Oh, dit la reine, je ne vous l'avais donc pas dit ? Mais… pourquoi croyez-vous que nous sommes tous réunis ce soir ?

DU MÊME AUTEUR

Aux Éditions Denoël

LA MISE À NU DES ÉPOUX RANSOME, 1999.

JEUX DE PAUME, 2001.

SOINS INTENSIFS, 2006.

LA REINE DES LECTRICES, 2009 (« Folio », *n° 5072*).

Chez d'autres éditeurs

MOULINS À PAROLES, Actes Sud, 1992.

ESPIONS ET CÉLIBATAIRES : UN DIPTYQUE, Bourgois, 1994.

Composition Imprimerie Floch.
Impression Novoprint
à Barcelone, le 16 juin 2010.
Dépôt légal : juin 2010.
1ᵉʳ dépôt légal dans la collection : avril 2010

ISBN 978-2-07-041960-9/Imprimé en Espagne